LÄNGE LEVE BARON E

REGENCY-ESKAPADER
NOVELL ETT

EBONY OATEN

Upphovsrätt

Ebony's Formatting Collective

PO Box 2160

Rangeview

Victoria 3132 Australia

KAPITEL I

SOMMAREN 1816

Vigselceremonin var en enkel och kort tillställning. Morbror William ledsagade bruden, miss Jane Bartholemew, fram längs mittgången i hennes käre, framlidne fars ställe. Mamma satt på första bänk och duttade en näsduk mot sina fuktiga ögon.

Brudgummen, baron Ealing, förblev sittande under hela akten.

Regnet smattrade tungt mot kyrkans tegeltak och slog mot de målade glasfönstren.

Det var först när Jane vände sig mot honom som hon insåg att han satt i en rullstol. En stilig betjänt stod vid hans sida, redo att erbjuda sin hjälp. När det var dags att skriva under i kyrkboken höll betjänten fram boken så att hans herre kunde signera med sina spindelliknande kråkfötter.

Jane ägnade inte mycket tid åt att se på sin makes ansikte. Inte heller ägnade han mycket tid åt att se på hennes.

Faktum är att de bara hade träffats två gånger tidigare, båda gångerna med strikta förkläden och båda gångerna hade baronen inte rest sig för att hälsa på henne. Kunde mannen gå överhuvudtaget? Och om han inte kunde det, innebar det då att han skulle behöva assistans i äktenskapssängen?

Jane slog bort tanken.

När Jane skrev under i kyrkboken sa betjänten: "Välkommen till familjen, lady Ealing."

Leendet han gav henne var varmt och välkomnande, som för att kompensera för hennes makes blyghet. Eller var det kanske så att mannen inte kunde vrida huvudet uppåt? Han hade tillbringat hela ceremonin med blicken fäst i sitt knä, som om filten där var oerhört fascinerande.

Vid bröllopsfrukosten åt hennes make ingenting. Han smuttade på sitt te när det kom, och spillde det mesta nerför hakan. Ingen kommenterade detta, utan tittade avsiktligt bort.

Efter den blygsamma frukosten for de iväg till baronens gods i hans landå. Mamma och Janes kammarjungfru Abigail skulle följa efter i en vagn.

Ett par magnifika kastanjebruna hästar gnäggade och skrapade med hovarna i marken, redo att ta dem hem. Betjänten och kusken arbetade på varsin sida av landån för att fästa taket och hålla regnet borta. Sedan lyfte betjänten resolut in baronen på hans säte och såg till att han satt bekvämt, innan han sträckte fram en hand för att hjälpa Jane in på sin plats. Kusken klev upp på kuskbocken och så bar det av mot hennes nya liv.

Vad underligt att betjänten stannade kvar inne i vagnen, istället för att åka bakpå på sin anvisade plats. Som om han läste hennes tankar sa han: "Jag vågar påstå, ers nåd, att detta är ovanligt. Baronen har dock en tendens att slumra till vid olämpliga tillfällen, och skulle han falla medan vagnen är i rörelse, skulle vi ha stora svårigheter att få ut honom på ett säkert sätt."

"Vad omtänksamt", lyckades Jane få fram.

Baronen gav ifrån sig ett dämpat läte som lät som "intedödän!", men lyfte inte på huvudet.

Vagnen gungade och krängde fram mot baronens gods. Resan skulle ta flera timmar, och Jane blev snabbt irriterad på den utdragna tystnaden. "Min herre", sa hon i ett försök att inleda en konversation med sin make. "Det var en vacker ceremoni, var det inte?"

"Va?", mumlade han, utan att lyfta på huvudet.

Jane höjde rösten: "En vacker ceremoni."

Det framkallade ett mumlande "Hmm, antardet."

Betjänten tog till orda: "Han blir lätt trött, ers nåd, han behöver nog sova lite."

Jane förstod varför betjänten hade en sådan position. Han var lång och uppenbarligen stark, att döma av hur han hade burit in sin herre i vagnen. Han var stilig, vilket man kunde förvänta sig av en betjänt, men han visade också stor mildhet i sin omsorg om baronen, något som gjorde honom ännu mer attraktiv i Janes ögon.

Efter några ögonblick hade betjänten svept in baronen i fler filtar och lagt honom längre in på sätesdynorna så att han kunde sova bekvämare. Det innebar att betjänten inte hade något eget utrymme att sitta på, så han flyttade sig till platsen bredvid Jane.

Deras lår snuddade vid varandra när vagnen skumpade till, och en stöt av något Jane inte kände igen for genom henne.

Betjänten bad genast om ursäkt. "Jag ber så hemskt mycket om ursäkt."

Jane utnyttjade rörelsen från nästa serie skump för att pressa sig närmare fönstret. Vagnen lutade och hon fann sig kastad mot honom.

"Bevara mig väl", utropade hon, "Jag är förskräckligt ledsen."

"Mitt fel, ers nåd", sa han. "Jag har inte hunnit byta ut alla handtag. Om ni skulle vilja byta plats finns det ett handtag här ni kan hålla i."

En fin tanke, men det fanns inte en chans att de skulle kunna byta plats när vagnen gungade och krängde på det här viset.

"Jag klarar mig bra", sa hon.

Baronen började snarka ljudligt, och tystnade sedan plötsligt.

"Är han?" Jane fruktade att baronen hade slutat andas helt och hållet.

Ett bullrigt andetag fick honom att andas igen, och Janes spänning släppte. "Bevara mig väl, för ett ögonblick trodde jag att han kanske hade dragit sitt sista andetag."

"Frukta intet, ers nåd, trots sitt yttre är han frisk som en nötkärna. Släkten Warner är känd för sin långlevnad. Den femte baronen levde till sjuttiosex års ålder, och den fjärde ryktades ha blivit nittio."

"Och", Jane kände sig som en dumbom som var tvungen att ställa frågan, men hon visste verkligen inte. "Hur gammal är baronen nu?"

"Han är sextionio."

"Herregud", brast det ur Jane. Var det konstigt att han behövde en rullstol för att ta sig fram? Hon hade hört rykten om folk som uppnått så höga åldrar, men hade hittills aldrig träffat en livs levande. En livs levande, mycket skrynklig och hopknycklad person. Och nu var hon gift med en.

"Betjänt, vilket tilltalsnamn använder baronen för er?"

Mannen såg upp och gav henne ett halvt leende som borde ha varit artigt, men som sände virvlar av förvirring genom henne. "Han brukar kalla mig 'pojke'."

Så ytterst opassande. "Är det vad ni föredrar?"

Betjänten gav henne en förbryllad blick. "Är det av vikt, ers nåd?"

"Det verkar ju orimligt att kalla en man som är ett halvt huvud längre än jag för 'pojke', tycker ni inte? Jag ska kalla er herr Betjänt om ni inte föredrar något annat?"

Vid detta bjöd han på ett brett, instämmande leende och fler virvlar som hon inte kunde sätta namn på tumlade runt bakom hennes revben. Bevare mig väl, det kanske vore bäst om de inte talade så ofta med varandra om ett simpelt leende kunde göra så underliga saker med henne?

Allt detta var mammas fel. Om mamma hade rest i den här vagnen med henne, skulle hon inte behöva fördriva tiden med att prata med en betjänt. Istället befann sig mamma och hennes kammarjungfru, Abigail, i den andra vagnen och en konversation med dem på ett sådant avstånd, och med så mycket oväsen, var omöjlig. De kunde dock vinka till varandra när de tog en sväng på vägen, då vinkeln tillät en kort skymt av passagerarna bakom.

Åh, förargligt. Betjänten såg att hon tittade åt hans håll. Varför var hans bruna ögon tvungna att vara så varma och inbjudande? Varför klumpade hans ögonfransar ihop sig i det virvlande duggregnet?

Mamma och Abigail gjorde Jane i ordning för herrens sängkammare. Abigail stoppade in hennes hår i nattmössan och gjorde en snabb nigning. "Ring på klockan i morgon bitti så hjälper jag er att klä på er."

Mamma omfamnade Jane och gav henne en moderlig kyss på pannan. "Allt kommer att gå bra. Gå nu och lägg dig i sängen, min kära baronessa. Er make kommer snart in och gör er med barn." Sedan gav mamma henne en snabb kyss till och lämnade rummet.

Iskall fruktan sipprade genom varje por när hon drog undan täcket och klättrade ner i sängen. Ljuslågorna fladdrade i sina hållare och speglade hennes darrande nerver. Några ögonblick senare öppnades dörren och baronen och hans betjänt kom in. De ignorerade henne fullständigt, vilket fick henne att känna sig liten och obetydlig. Hennes make behövde hjälp att klä av sig för natten. Hon låg där, stirrade i taket och sa ingenting, medan betjänten drog av den gamle mannens stövlar och sedan klädde av honom helt. Med en snabb bugning önskade han baronen god natt och låtsades inte ens om att Jane var där.

"Nåväl, min kära", sa baronen när han drog undan täcket och lade sig tätt intill henne. Han var helt naken, men även i det dunkla ljuset visste hon inte var hon skulle fästa blicken. "Låt oss få det här överstökat så att du kan ge mig en son."

Hon kom ihåg vad mamma hade sagt och drog upp fållen på sin särk ovanför midjan och sära på benen. Hur mycket var tillräckligt? Hon hade ingen aning. Baronen skulle väl låta henne veta, eller hur? Han grymtade av ansträngning när han klättrade över henne. "Hjälp mig lite, vill du?", snäste han.

Hur då? Jane hade ingen aning.

Han tog hennes hand och slog den mot sin slaka kuk. Jane yppade ett förskräckt ljud.

"Den kommer inte att döda dig, men vi kommer ingenstans förrän den är fin och styv."

Behövde han vara så grov i munnen?

Medan hon fortfarande höll i honom viskade hon: "Vad ska jag göra?"

"Förbannat, ännu en oerfaren oskuld!" Han förde hennes hand upp och ner. "Gnid den så här, duktig flicka."

Jane gjorde som hon blev tillsagd och gned honom, hela tiden undrande hur i hela världen de skulle klara av detta. Hon var hans hustru nu, hon var hans att göra med som han behagade, vilket innebar att hon var tvungen att behaga honom. Om inte, skulle hon sluta i hans tredje hustrus fotspår.

Strukturen på hans kuk förändrades i hennes grepp, den blev fastare.

"Duktig flicka", sa han. "Det är rätta takter. Ja."

Han flyttade sig längre upp på henne och hon var tvungen att ändra vinkeln på handen för att kunna fortsätta.

"Jag tar över härifrån", befallde han. "Flytta ut benet mer."

Hon gjorde så, i hopp om att detta inte skulle ta lång tid.

Han pressade hela sin tyngd ner på henne och flyttade sig över hennes kropp. Hans hand slog mot hennes sköte när han drog i sig själv. Hade han fortfarande sina ringar på sig? Hennes underliv skulle bli blåslaget om han fortsatte. Mamma hade sagt att det skulle göra ont; kanske var det detta hon menade?

Med en ljudlig grymtning tryckte han sig mot henne igen och slog luften ur hennes lungor. Han grymtade igen och slutade sedan plötsligt.

Hans hand var fortfarande lindad runt honom själv, hans kropp slapp.

Jane fick äntligen tillbaka andan. "Min herre, har ... har jag gjort min plikt?"

Han svarade inte.

"Min herre?"

Fortfarande inget svar. När Jane såg att hans ögon var slutna, antog hon att han hade somnat. Detta var vad hennes mor hade sagt skulle hända. Det var inte exakt som hon hade beskrivit, men kanske var varje man annorlunda?

Tyst gled hon ut från under honom. Hans hand var fortfarande gripen om honom själv och hans ögon var hårt slutna. Hans ansikte såg hopknycklat och surt ut, som om han hellre skulle ha gjort något helt annat.

"Vi är två om den saken", tänkte hon när hon smög ur sängen.

Slagen han hade utdelat mot hennes underliv gjorde det lite ömt att gå, men hon drog en suck av lättnad. Hon hade gjort sin äktenskapliga plikt och kunde nu vila lugnt i baronessans rum.

När hon tassade mot sin egen säng satt mamma i rummet vid brasan. "Hur gick det för dig, min kära?"

"Jag gjorde min plikt", sa hon med en grimas. "Du hade rätt, det gjorde lite ont, men det var snabbt överstökat."

"Min älskade flicka", mamma höll om henne. "Du är en kvinna nu. Om Gud vill blir du snart med barn. Du måste gå till honom närhelst han behöver det, för det är din prioritet nu som baronessa Ealing."

"Ja, mamma", sa Jane.

Mamma tog farväl och Jane klättrade ner i sin egen säng och undrade vad all uppståndelse handlade om. Hon hade hört rykten om akten, uppenbarligen, men kunde inte förstå hur folk njöt av den så mycket när det verkade vara en så konstig, obehaglig sak.

Ingen idé att fundera mer. Detta var hennes liv nu. Det var inte så farligt. Och om allt gick väl, skulle hon snart vara med barn. Snälla Gud, låt det bli en pojke, så skulle hon inte behöva få alltför många av dem.

KAPITEL 2

Nästa morgon väckte Abigail Jane med en kopp te och rostat bröd. Jane åt och smuttade på teet och kände sig fullständigt utvilad efter en verkligt behaglig natts sömn. Ja, hennes make var kanske en darrig gammal man, men han hade inte visat henne någon grymhet i går natt. Deras äktenskap skulle ge henne en ojämförlig bekvämlighet. Hon måste tacka honom för hans hänsyn.

Abigail klädde på Jane och satte upp hennes hår, sedan gick Jane mot sin makes rum. Hårt regn smattrade mot fönstren. Personalen var upptagen med att byta ut ljusen för att hålla det ljust. Vilken eländig sommar de hade! Om solen hade varit framme hade hon tänkt föreslå att hon och hennes make skulle ha en picknick, men det var uteslutet nu. Kanske skulle det bli bättre i morgon?

När hon närmade sig dörren till baronens rum fick hon syn på lakejen som kom med sin herres frukostte och rostade bröd. Han höll brickan i ena handen och öppnade dörren åt henne med ett kort: "God morgon, lady Ealing."

"Herr lakej", svarade hon. Hon behövde inte göra det, men om hon inte fick personalen på sin sida skulle hon få en ensam tid framför sig, särskilt som mamma skulle åka hem om två dagar.

Hon väntade tills lakejen hade ställt ner brickan och därefter drog upp persiennerna. Grått, vattnigt ljus skingrade en del av dysterheten, trots att detta var på den södra sidan av godset och borde vara fyllt av sol hela dagen.

Så underligt, hennes make låg i exakt samma ställning som hon hade lämnat honom i kvällen innan.

Lakejen vände sig mot sin herre och flämtade till.

"Vad är det?" frågade Jane.

"Han är ..." Herr lakej gick fram till baronen och lade örat tätt intill mannens mun. "Han andas inte alls."

Rädslan fick Janes blod att isa sig. "Vad är han?"

Herr lakej svalde och blinkade hårt. "Herre Gud, jag tror att han har avlidit."

"Detta är inget listigt skämt!" förebrådde Jane honom. "Behandla mig inte så ..." Men när hon tittade på sin make var hans ansiktsuttryck verkligen detsamma som kvällen innan. Förutom att hans hud såg så ytterst blek ut och hans läppar hade en blåaktig ton. "Vakna, ers nåd!" Hon petade honom på axeln. Han rörde sig inte alls.

Åh, kära nån.

Hon lyfte på täcket för att kontrollera resten av hans kropp, för att se om hans bröstkorg höjdes och sänktes. Det var då hon lade märke till att hans hand fortfarande var hopknuten runt hans lem. "Åh, herre Gud!"

Hon tog ett steg tillbaka med handen chockat för munnen.

"Vad är det, ers nåd?" Herr lakej lyfte på täcket för att själv se efter och släppte det sedan snabbt.

Jane sträckte sig efter en stol för att stödja sig innan hon föll till golvet. "Detta är en tragedi."

Herr lakej sa: "Vi får hoppas att ni är med barn, ers nåd, för det är allt som står mellan oss och gatan."

Nej. Chocken över att hennes make hade avlidit var enorm nog. Det var inte rättvist att leverera en till så tätt inpå den första. "Låt mig smälta denna fasansfulla nyhet innan ni serverar nästa rätt, tack, herr lakej."

"Jag ber om ursäkt", sa lakejen. "Det är verkligen fasansfullt, men det är också sanningen. Så snart paret Jardine får veta detta kommer de att flytta in och kasta ut oss."

"De behöver inte veta, inte än", sa Jane, medan hennes tankar och kropp snurrade av chocken. Hur snabbt kan inte lyckan vända! Bara för några minuter sedan hade hon stigit upp efter en underbar natts sömn och var på väg att tacka sin make. Nu var hon änka, ansvarig för sin avlidne makes personals välfärd. Den fulla personalstyrkan som hon inte ens hade hunnit träffa än.

"Jag är ledsen att behöva säga det, men de kommer att få reda på det tids nog", sa lakejen. "Det var inte meningen att förvärra er olycka. Men paret Jardine kommer på besök i eftermiddag och de planerar att stanna i tre dagar."

Så oerhört oförskämt av dem, tänkte Jane, att tränga sig på nygifta under denna ytterst privata tid.

"Så opassande av dem. Till och med mamma planerar att åka i morgon. Åh, kära nån, vad ska vi säga till mamma?"

Jane och herr lakej tittade vädjande på varandra. Han hade ett så ärligt ansikte, och även om hon inte kände honom särskilt väl verkade han pålitlig.

"Besvära inte er mor med denna nyhet. Det är bara vi två som vet. Vi säger till paret Jardine att baronen är utmattad efter bröllopet, och vi ska förbjuda dem att gå in i detta rum."

"Kommer de att acceptera det?"

"Jag vet inte. Men …" Röda fläckar dök upp på hans hals och kinder. "Skulle ni råka veta om ni redan är med barn?"

Frågan gjorde Jane helt ställd. Hon hade gjort allt som begärts av henne, så det fanns en chans. Hon kände sig öm i övre delen av låren efter att baronen hade stött mot henne. Var det ett tecken? "När kan jag troligen få veta?"

"Ni måste fråga er mor. Men var försiktig så att ni inte avslöjar något. Jag vet föga om sådana här saker, eftersom jag inte är gift själv."

"Ni säger alltså att om jag är med barn kommer allt att bli bra, men om jag inte är det, då kommer vi att bli utkastade eftersom Epiphanys son kommer att ärva?"

Lakejen ryckte på axlarna. "Det är i stort sett hela saken."

Hur osannolikt att en kvinna skulle ärva. "Men hur?"

"Jardine är en kusin, och hon har fött honom en son. Allt kommer att gå till hennes make och därefter till den unge lorden."

Verkligheten gjorde henne stum. Rädslan virvlade i Janes huvud. Hennes make var död, om hon inte var med barn nu fanns det inte längre någon chans att åtgärda det. Om hon var havande skulle allt ordna sig – men även i så fall köpte det dem bara tid tills hon födde barnet. Om det blev en flicka skulle paret Jardine ärva baroniet och i bästa fall skulle hon få flytta in i ett änkesäte.

Om. Om. Om.

Att paret Jardine inte fick reda på det verkade vara den mest angelägna frågan.

"Detta är verkligen mycket att smälta", medgav Jane.

"Epiphany kommer inte att göra det lätt för er, det tvivlar jag inte på", sa lakejen.

Jane suckade. "Låt oss hämta mamma. Detta går inte längre än oss fyra." Hon tittade på sin döde make och rättade sig själv. "Oss tre. Vi får lägga upp en strategi för att hantera släktingarna."

"Tror ni att ni borde berätta för er mor?"

"Jag anser att vi är skyldiga henne sanningen, eftersom mitt enda andra alternativ är att flytta hem till henne igen."

Lakejen nickade.

Jane suckade. "Det skulle inte hjälpa baronens personal."

Lakejens axlar sjönk uppgivet.

Några ögonblicks eftertanke gav inga nya uppenbarelser. Jane sa: "Jag ska göra vad jag kan, detta är fruktansvärt orättvist mot alla berörda."

Leendet han gav henne fick något att fladdra till inuti Jane.

Lakejen såg på sin före detta arbetsgivares ansikte. "Han dog åtminstone lycklig?"

Jane pressade ihop läpparna och höll tillbaka skrattet. Det var absolut inte passande att skämta vid en sådan här tidpunkt. Hon skulle finna munterhet i denna händelse senare, efter en lämplig sorgeperiod.

Fast nu var hon tvungen att låtsas att hennes make fortfarande levde, vilket gjorde situationen än mer förvirrande.

KAPITEL 3

L ady Epiphany Burrows, född Warner, viscountess Jardine, anlände med sin familj och deras personal i en rad vagnar. Eftersom Jane endast hade varit hustru och baronessa i en dag och inte ens kände till godsets planlösning eller sin egen personalstyrka, var hon helt beroende av (och tacksam för) att mamma och betjänten var där för att hjälpa till.

Epiphany och hennes make, viscount Jardine, var först uppför trappan och in i vestibulen. Stolt höll Epiphany sin lindade son i famnen. Trion av äldre döttrar steg ur vagnen bakom dem, tillsammans med en guvernant, en kammarjungfru, flera betjänter och annan personal.

"Jag litar på att rummen är i ordning?", förklarade Epiphany när de svepte förbi sin värdinna. "Åh, vad bra, ni har inte gjort några fasansfulla förändringar på egendomen som jag kan se."

En efter en kom familjen Jardine in efter föräldrarna. Jane räknade till en betjänt eller kammartjänare för lorden, och en jungfru och en amma för ladyn, samt en alltiallo och en guvernant för döttrarna. Det fanns några till som hon bara kunde anta var kökspersonal och en kokerska. Hon var säker på att baron E hade sin egen kökspersonal, så det skulle säkert bli revirstrider om hon inte snabbt ingrep för att förhindra det. En efter en bar män i Jardines livré istället för Ealings in lådor och koffertar av olika storlekar. En äldre tjänare i matchande Jardine-klädsel dirigerade dem mot olika trappor till vänster och höger.

Kära nån, en av dem var på väg mot baronens rum!

"Baronen får inte störas", brast Jane ur sig. Sedan samlade hon sig och tillade: "Han vilar."

Långsamt vände sig Epiphany mot Jane. "Sade ni något?"

"Ja", andades Jane, och kände ilskan koka över hur hennes styvdotter, som visserligen också var äldre än hon, så snabbt hade tagit på sig rollen som husfru. "Om vi har ont om rum får ni gärna ta mitt, eftersom jag inte har haft något behov av det. Jag ber om ursäkt för att jag inte har fullständig kännedom om egendomens planlösning. Som ni kanske förstår är jag nygift med er far, baronen, och jag har varit upptagen med betydligt ... viktigare saker ... än att lära mig en planritning utantill."

Guvernanten täckte för den närmaste dotterdotterns öron i fasa över den bild dessa ord frammanade, och skyndade sedan uppför närmaste trappa med sina skyddslingar. Utan tvekan fanns det någon form av barnkammarflygel på den sidan av herrgården. Vad underligt att familjen Jardines guvernant hittade dit. Men de hade förstås säkert varit på besök tidigare.

"Jaså, verkligen?", sade Epiphany och tog ett steg närmare. Sedan nickade hon. "Ni har faktiskt den där nyplockade uppsynen, det ska ni ha." Kvinnan mönstrade henne, som om hon förberedde sig för strid.

Jane andades igen och stod på sig.

Epiphany blinkade. "Nåväl, vi tar emot ert rum med samma välvilja som det erbjöds."

Först efter att familjen Jardine och hela deras personalstyrka hade gått upp till våningen ovanför släppte Jane ut andan.

Det skulle bli några väldigt, väldigt långa dagar.

"Mamma", sade Jane, "kan du vara snäll och räkna rummen på godset, så att jag åtminstone inte framstår som helt okunnig vid kvällens middag?"

"Genast, min älskling", sade mamma. Hon neg snabbt för sin dotter, vilket fick Jane att vilja snyfta och kasta sig i hennes armar, men hon höll tillbaka.

Hon vände sig till den avlidne baronens betjänt och sade: "Var är baronens personal? Jag måste träffa dem omedelbart."

Han svalde och höll rösten låg. "Men, ers nåd, de kan inte få veta om ... ni vet."

"Ni har rätt. Det ska jag inte. Men jag måste veta hur många anställda vi har. Som husfru måste jag tala med dem innan lady Jardine lindar dem runt sitt lillfinger. Jag har en känsla av att jag snabbt måste hävda min auktoritet."

"Utmärkt, ers nåd."

"Och, herr Betjänt, jag tycker nog att ni behöver ett riktigt namn. Jag kan inte fortsätta kalla er herr Betjänt."

"Åh, det är enkelt, det är Foote."

Jane skakade förvirrat på huvudet. "Vad sa ni?"

"Foote, med ett e på slutet. Jag härstammar tydligen från en lång rad betjänter och det har fastnat."

"Jag förstår. Nåväl. I så fall, herr Foote, med ett e på

slutet, var vänlig och kalla samman all personal i köket så ska vi ordna allt inför lunchen."

"Utmärkt, ers nåd." Mr Foote gav henne en värdig bugning. Han rätade långsamt på sig och såg på henne genom sina långa ögonfransar.

Någonting farligt rördes upp inom henne.

Kanske var det hennes lilla barn som gjorde henne uppmärksam på sin framtida närvaro? Ingen tid att undersöka saken närmare nu, hon var tvungen att träffa personalen och organisera måltider och logi, lära sig hela godsets planlösning (och markerna, nu när hon tänkte på det, men det kunde vänta tills det slutade regna) och se till att Epiphany Jardine inte upptäckte sin fars nuvarande och omöjliga situation.

Och allt före kvällsmaten!

Mr Foote samlade all personal i köket. Jane fann sig själv tala till en liten armé. Mamma hade också informerat henne om att hon som husfru måste vara medveten om personalen i hushållet, även om hon inte skulle ha direkt ansvar. Det var den äldre butlerns roll. Vid något tillfälle skulle de behöva informera honom om att hans herre inte längre var med dem, men inte inför resten av personalen.

Eftersom detta hade varit en gentlemans hus i mer än ett decennium saknades det antal kvinnliga anställda som Jane förväntade sig. Det fanns inga kammarjungfrur, bara två allti-allo-pigor och en kökspiga. Hennes Abigail gjorde att de blev totalt fyra. Jane bestämde genast att de alla skulle bo i samma rum för att hålla dem borta från de andras uppmärksamhet.

Även utomhuspersonalen bestod enbart av män, förutom trädgårdsmästarens hustru. Det fanns två drängar i trädgården, vilket antydde en produktiv köksträdgård, och två ganska blöta stallpojkar som ivrigt hade hittat plats för de nya hästarna som hade anlänt.

"De är inte så lite hungriga!" sade en av dem och tillade sedan: "Ers nåd."

Hästar var hungriga djur, och ju längre de stannade, desto mer skulle de äta. Kanske var Epiphanys plan att äta dem ur huset?

"Kokerska, hur många dagars mat har vi?"

"Vi hade mat för två goda veckor, men vi visste inte att de där Jardines skulle ta med sig så många. Vi har tur om det räcker veckan ut!"

"De ska tydligen bara stanna i tre dagar, men om det här förfärliga vädret håller i sig kan det bli längre. Var snäll och skicka efter mer mat under de kommande dagarna så att vi klarar oss. Om pengar är ett problem har jag tillgång till en del av min hemgift. Var inte oroliga. Alla här i hushållet är värdefulla och nödvändiga. Jag försäkrar er att all personal kommer att förbli i lord Ealings tjänst."

Regnet piskade mot fönstren och satte stopp för alla drömmar Jane hade om att skicka ut sina besökare på en ridtur, för att inte tala om en promenad i trädgården. Till sin besvikelse hade Jane själv inte haft tid att utforska ägorna. Snart måste väl ändå vädret bli bättre? Det här skulle ju vara sommar.

När Jane och mamma var på väg nerför trappan mot

matsalen för kvällsmaten lade hon märke till ett band knutet runt en vas. Konstigt, det hade hon inte sett förut.

"Det där var inte där när jag senast gick här", sade mamma.

"Jag skulle just säga detsamma."

Mamma sade: "Har du sett bokhyllorna på avsatsen? Det är ett band knutet runt handtaget på glasdörren. Jag kan försäkra dig om att det inte var där i morse heller."

"Innan familjen Jardine anlände, menar du?"

Mamma nickade.

Jane stannade. "Har du hunnit slutföra rekognosceringen av godset?"

"Interiören, ja. Jag har ritat en skiss men måste gå till-baka för att se till att den är korrekt. Men banden är nya, det är jag säker på."

När de fortsatte att gå fanns det fler band knutna runt stolsben, instuckna i kanterna på tavlor och fastbundna i tofsarna på draperierna. Den som hade gjort detta saknade all subtilitet. Personen hade tydligen också fått slut på band och övergått till att sticka in kort bredvid föremål. En byst av Plinius den äldre hade ett litet kort fastklistrat på huvudet. Det var ett visitkort, och när Jane pillade bort det fann hon en stelnande klump av mjöllim i Plinius snidade lockar. Kortet visade stolt namnet Lady Jardine.

Jane sade: "Varför skulle hennes kort sitta där?"

"Därför", förkunnade en bestämd röst när hon kom ut från observatoriet och klickade igen spärren, "att min far alltid avsåg att nästa baron skulle få det. Eftersom det är min son, markerar jag vad som tillhör honom."

"Tar ni inte ut segern i förskott, min kära?", sade mamma.

Epiphany andades långsamt, sträckte på sig och förklarade med fullständig övertygelse: "Min make kommer att bli nästa baron Ealing, och min son efter honom. Det kan ni lita på. Hon", sade hon och pekade på Jane, "är inte med barn. Det kommer hon heller aldrig att bli."

"Vad?", krävde Jane, och andan fastnade i halsen. "Hur vågar ni!"

"Det är ett faktum. Min far är sjuk. Det är uppenbart för alla och envar att han inte klarar veckan ut. Sedan behöver vi bara vänta några veckor till."

Mamma skyndade till undsättning. "Han är trött, det är allt. När han har vilat kommer han att vara i fin form."

Lady Jardine log med fullkomlig nedlåtenhet. "Ni må tro det, men faktum är att han inte har mått bra på ett tag. Han sade alltid till mig att jag skulle veta att han var nära att lämna denna värld om han inte kunde möta mig med en kyss."

"Skrockfullt nonsens!", sade mamma.

Jane lade en hand på mammas arm för att lugna kvinnans nerver, lika mycket som sina egna. "Vi ska gå in till kvällsmaten. Jag ser ingen anledning att ställa till med en scen här. Det är inte bra för barnet."

"Ni har rätt", sa lady Jardine och guppade sin son på höften. "En dag kommer allt det här att bli ditt, min lille lord, och vilken härlig tid vi ska ha då."

"Hon menade inte ert spädbarn", sa mamma.

Lady Jardine kastade huvudet bakåt och skrattade. "Åh, det vore ju för väl." Sedan pekade hon oförskämt på Jane och förklarade: "Om hon är med barn äter jag upp min bästa hatt!"

När hon satt vid bordet, bredvid sin makes tomma stol, skar varje klirr av silver mot porslin i nerverna på Jane. Till hennes elände var hennes gäster oändligt högljudda matgäster.

Jardine själv mosade runt varje munsbit med vin, och hans tuggande påminde Jane om en mjölkpiga som stampar och skvalpar grädde till smör.

Den äldsta dottern sköt maten runt på sin tallrik under ett oavbrutet gnisslande av metall mot porslin och såg olycklig och dyster ut. Lady Jardine höll barnet intill sig hela tiden, stoppade mat i sin egen mun, tuggade den och spottade sedan ut den på en sked för att mosa ner den i spädbarnets dreglande mun.

Jane kväljdes flera gånger. Det enda som hindrade henne från att fullständigt kasta upp var den hemliga glädjen över att denna inre avsmak faktiskt kunde vara ett tecken på att hon själv var med barn. Mamma hade sagt att en motvilja mot mat och lukter, och illamående stunder, var tecken på ett barn på väg.

Jane höll den hemliga kunskapen för sig själv och kämpade sig igenom måltiden och gjorde sitt bästa för att hålla samtalet lättsamt.

"Jag hoppas att er resa hit var utan missöden? Vägarna har blivit nästan oframkomliga i det här vädret", försökte hon.

Epiphany slutade mata sitt barn med den förtuggade maten och sa: "Kommer min far att göra oss sällskap överhuvudtaget?"

"Han vilar", bekräftade Jane.

"Han vilade när vi anlände. Exakt hur mycket vila behöver en man?"

Jane knäppte händerna under bordet. "Vi är nygifta, ers nåd."

"Ett faktum som ni ständigt kastar i ansiktet på mig. Men *var* är min älskade far? Ni säger att han vilar, men för allt vi vet har ni dumpat hans kropp i en flod och lämnat honom att dö!"

Herregud, vilket fruktansvärt samtalsämne vid matbordet!

Tack och lov ingrep mamma. "Han återhämtar sig i sina rum. Jag ska ordna ett möte efter kvällsmaten."

Jane gav sin mor en passionerad men ändå skräckslagen blick. Hur skulle de lyckas med det?

Epiphany matade in mer förtuggad mat i sitt barns gap. "Jag ser fram emot det."

Mamma lutade sig mot Jane och sa: "Håll lady Piff sysselsatt så ordnar jag allt. Skicka betjänten till mig."

Lady Piff? Åh, hon menade *Epiphany*. Jane höll tillbaka ett fniss. Det lättade hennes hjärta för ett ögonblick, innan den tunga uppgiften att ljuga om baronens hälsa behövde utföras.

Jane bad Herren förlåta henne för en så fruktansvärd synd. Hon gjorde det inte för sin egen skull; hon gjorde det för all personal, som befann sig i en mycket mer sårbar situation än hon.

Med händer svettiga av rädsla öppnade Jane dörrarna till sin herres rum. Rikligt med rosenvatten och sandelträ fyllde luften, tillsammans med bränd salvia och något hon inte kunde identifiera.

Gardinerna var fördragna när kvällen föll på. Det svaga

skenet från stearinljusen gav ett varmt, gult ljus. Hennes make låg utsträckt i sängen, med en nattmössa som täckte en stor del av hans panna och ögonbryn, och täcket uppdraget ända till halsen.

Trots det dåliga ljuset var personen i sängen definitivt baron Ealing, inte mr Foote som spelade rollen.

Till hennes (dämpade) chock höjdes mannens hand från ena sidan av täcket. "Tyst, gå bort."

"Är ni förkyld, käre far?" frågade Epiphany.

Något mirakulöst hände. Täcket höjde sig en aning över hans bröst. Han var inte död trots allt; han andades fortfarande!

"Hemskt, håll er borta", sa han igen.

Glädje fyllde Janes hjärta! Hennes make levde. De var räddade! Hon hade fler chanser att se till att hon blev med barn, och personalen var säker. Om några dagar skulle familjen Jardine vara borta, och hon kunde börja sitt liv som nygift med sin man.

Vilka underbara nyheter!

Epiphany höll sitt barn framför sig och lyfte på klädes-plaggen för att avslöja hans bara hud under. "Jag har fött en son!" förklarade hon.

Baron Ealing grymtade igen och sa något som lät som: "Bra gjort."

"Han kommer att bli nästa baron Ealing så när som på en, far", förklarade Epiphany.

Jane harklade sig vid det. "Inte om mitt barn är en pojke."

Epiphany vände sig mot Jane med en anfallande orms hastighet och tornade upp sig över henne. "Ni kan omöjligt vara med barn. Ni har bara varit gift i en dag!"

Jane backade mot dörrarna, med en stigande lust att fly.

"Tja, jag ... kan inte säga säkert, men det är möjligt att jag är det."

En stråle kiss flög ut från pojkebarnet i Epiphanys armar, missade Janes kläder och landade på Aubussonmattan. Hennes kväljningsreflex var väl redan ett bevis på att hon var gravid? "Det finns en god chans att jag ändå kan vara med barn."

Epiphany kisade med ögonen men sa inget mer. Istället stormade hon ut ur rummet och stängde dörrarna bakom sig, och lämnade Jane i mörkret.

"Är hon borta?" sa hennes mammas tysta röst.

"Ja", sa Jane och tittade i det svaga ljuset för att undvika den mörkare fläcken på mattan. Var mamma här? Det måste vara bra. "Var är du?"

Mamma klev ut från påklädningsrummet. "Hon är en bestämd en, den där Piff."

Jane omfamnade sin mor och ville gråta av lättnad. "Jag såg honom andas, finns det hopp för oss än?"

Det var betjäntens tur att avslöja sig när han slingrade sig ut från under sängen.

"Det var jag", erkände han och tog fram en liten blåsbälg och en böjlig slang. Han demonstrerade några puffar, och sängkläderna höjde sig över baronens bröst.

Janes förhoppningar krossades som en sparkad mjölkhink. Hon hade trott på synen framför sig. "Det var mycket övertygande", sa hon med en snyftning.

"Jag är ledsen att jag gav dig falska förhoppningar, min älskling", sa mamma. "Men om det är någon tröst tror jag att lady Jardine blev mycket väl övertygad, och det var det önskade resultatet."

Jane sjönk ihop. "Vi måste fortsätta med den här

charaden tills de ger sig av, och de har inte nämnt när det kan tänkas bli."

"Jag är rädd för det. Och nu, min kära, om vi kan få ha ett litet privat samtal", sa mamma. "Jag har fler upprörande nyheter."

"Vad menar du med att jag inte kan vara med barn?" sa Jane. "Allt som du sa skulle hända har hänt, så det betyder att jag bär på nästa baron Ealing. Om det är en pojke."

Mamma höll om henne varmt och lugnande. "Jag är så ledsen, min kära, men jag tror inte att han lyckades slutföra den handling han behövde utföra."

Förvirring grep tag i henne. "På vilket sätt?"

"Han var alldeles torr, min kära. Jag undersökte honom."

"Mamma!"

Ännu en omfamning och fler lugnande ljud från hennes mor följde. "Det är helt i sin ordning, ingen annan behöver veta. Men faktum är att han inte spillde sin säd i dig. Och det är det som behövs för att bli med barn. Oroa dig inte, vi ska hålla detta från familjen Jardine. Vi har många månader på oss att hitta alternativa anställningar för personalen här. Ditt äktenskap var giltigt i Guds ögon, och vi har inte förlorat din hemgift, så du kommer att kunna gifta om dig någon gång i framtiden."

"Men ..." Janes tankar virvlade tillbaka till föregående kväll, innan hennes liv hade fallit i spillror. "Han klättrade upp på mig och tryckte mot mig ..." Jane kände sig som den största idiot som någonsin funnits. När hon sa orden högt insåg hon att mamma måste ha rätt. "Hur kunde det misslyckas?"

"Jag är så ledsen att jag inte förklarade äktenskapssängen mer i detalj. Jag trodde verkligen att baronen var friskare än han lät påskina, och att det inte skulle finnas något behov av allt detta. Men han behövde föra in sig själv ordentligt i dig och ... när jag undersökte honom ... ja, du förstår, jag *undersökte* inte på riktigt, men när jag klädde honom i en nattskjorta och var tvungen att bända bort hans hand från hans lem, det var då jag märkte hur torr han var, och hur det inte fanns några tecken på någon säd någonstans. Den har en ... distinkt lukt."

Jane invände. "Men jag har känt mig illamående och svimfärdig idag!"

"Det skulle jag också göra om min styvdotter anlände med hela sin familj och utökad personal dagen efter mitt bröllop."

Jane kastade sig på schäslongen och ville gråta. Inga tårar kom dock, så hon satte sig upp och tog några djupa andetag. "Även efter att de gett sig av är jag säker på att de har spioner som håller dem informerade om händelserna här. Inom kort kommer de att inse att jag faktiskt inte är med barn och vad händer då? Marscherar de raka vägen tillbaka in och sparkar ut oss allihop?"

De satt båda tysta ett tag, tills mamma sa: "Om inte ..."

"Om inte vad?"

"Om vi inte kunde se till att du blir med barn i alla fall."

Jane rynkade pannan i förvirring. "Skära en död mans säd ur hans kropp, menar du?"

"Nej, det skulle ... vara bortom all synd, och jag vet inte hur det ens skulle kunna fungera. Men mr Foote skulle kanske kunna hjälpa till."

Återigen var Jane tvungen att tänka en stund för att ta in den sanna innebörden av vad hennes mor föreslog. "Säger du att jag ska ligga med honom, bli med barn och låta det passera som baronens?"

"Skulle det ... vara så hemskt?" sa mamma med en axelryckning.

"Det skulle vara fel, mamma." Jane kunde inte tro sin mors förslag. "Mycket, mycket fel."

"Precis som det skulle vara att kasta ut all baronens lojala personal på gatan i detta skoningslösa väder."

KAPITEL 4

örka skyar bådade mer regn, med enstaka ljusare grå partier av duggregn. Det hade varit så skönt att kunna skicka ut familjen Jardine. Men tyvärr var de alla instängda inomhus än en gång, och det innebar att man var tvungen att iscensätta ännu ett möte mellan Epiphany och hennes sjuklige far. För en gångs skull tackade Jane den kalla himlen för att den gjorde dem en tjänst, eftersom hon var säker på att dofterna av förruttnelse skulle ha varit mycket mer påtagliga i varmt väder.

Det öppna fönstret höll den svala brisen i omlopp, liksom den lilla brasan med brinnande apelsinskal, som spred en behagligare och livligare doft.

Än en gång stod Epiphany nära sin fars säng, och än en gång höjdes och sänktes täcket för att imitera en man – en konvalescent – som låg i sängen och kämpade mot en sjukdom. Mamma kom in med en skål full av stickande örter. Lavendel, rosmarin, senap och något annat som fick Janes ögon att tåras.

"Vad är det där?" krävde Epiphany.

"En behandling från hans specialist i Bath", sa mamma när hon skyndade förbi. Hon blockerade effektivt Epiphanys sikt medan hon applicerade grötomslaget på sidan av baronens ansikte. Sedan virade hon en bred linnesremsa runt för att fästa det på honom och satte därefter på honom nattmössan. Det hade den önskade effekten att nästan helt dölja mannens ansikte.

Ett stön hördes från sängen, som lät som en missnöjd gammal man.

Jane kunde inte se baronens drag i det mörka rummet, men hon visste att det fanns någon i mörkret som låtsades låta som hennes make. Hennes *avlidne* make.

Låt det vara mister Foote, snälla, bad hon i tysthet och hoppades att ingen annan visste sanningen. Ju fler som visste, desto större var risken att sanningen skulle avslöja dem alla.

Epiphany förklarade: "Far, du har inte kysst mig till hälsning. Jag ska ordna så att kyrkoherden kommer på besök."

Med de orden vände sig baronens dotter mot Jane. "Han har inte långt kvar i denna värld. Om ni har något mer att säga honom, är det dags nu."

Jane svalde. "Varför tror ni det värsta?"

"Hrmmf!" kom ett ljud från sängen. "Inga präster."

Epiphanys ögon blev runda. Hon vände sig mot baronen. "Men far! Vi måste be för dig!"

Ett barskt "Låtmigva'fred", fyllde rummet.

Jane lade sig i: "Ni hörde baronen, vi måste låta honom vara för att återhämta sig från sina ansträngningar. Jag menar inte att vara taktlös, men det har tagit ett tag för honom att återhämta sig."

"Från bröllopsnatten? Det är ju längesedan nu!" sa Epiphany.

"Inte *bara* bröllopsnatten", sa Jane, förtjust över rodnaden som spred sig över hennes ansikte. "Bröllopskvällen, nästa morgon och, tja, jag stannade ju hos honom i natt också. Jag är lika mycket att skylla för hans tillstånd. Han kommer att bli bra med tiden."

Epiphany höll avsmakat sin fria hand över sin lilla sons öra medan hennes överläpp krullade sig. "Så, han har gift sig med en sköka, ser jag. Bara för att trotsa mig?"

Innan Jane kunde slå tillbaka svepte Epiphany ut i fullt raseri och stampade iväg.

"Bättre att bli ansedd som en sköka än en änka, antar jag", suckade Jane mot den stängda dörren. Hon hade trott att det värsta med hennes äktenskap skulle vara att bli med barn. Hon hade aldrig kunnat föreställa sig anstormningen från sin makes familj så snart efter deras trolovning.

I den takt som kvinnan märkte ut föremål åt sin son kunde deras vräkning ske så snart hennes månadssjuka började om fjorton dagar.

Mister Foote dök upp, med en djup bekymmersrynka i pannan. "Hon är en envis en, det är då säkert."

"Envis med att bli min undergång", sa Jane.

Om Epiphany kallade på religiös inblandning skulle hela deras krigslist avslöjas i det ögonblick en gudsman höll baronens kalla, döda hand.

"Det här vilar inte helt på era axlar", sa mister Foote. "Det ligger i allas vårt intresse att familjen Jardine lämnar oss i fast övertygelse om att baron E fortfarande är med oss. Ge inte upp."

Hans beslutsamhet och uppmuntrande leende var tillräckligt för att knäcka Jane. Behovet av att gråta överväldigade henne, och han slog snabbt armarna om henne. "Sådärja, ers nåd, oroa er inte. Det här kommer snart att blåsa över och vi ska få iväg dem."

Mamma lade en duk över skålen med de stickande örterna och oljorna. "Jag ska hämta fler illaluktande saker från trädgården. Trädgårdsmästarna här är fantastiska. De odlar så många medicinalväxter, det måste vara därför som familjen Warner lever så länge!"

Jane höll sin gråt till en låg snyftning, eftersom ett fullt klagorop skulle ha avslöjat henne helt. Mister Footes armar om henne gav en sådan känsla av trygghet och säkerhet.

"Vi kommer att ta oss ur den här röran, ers nåd, lägg mina ord på minnet. Det bara duggar nu, så kyrkoherden kan fortfarande komma. Vad sägs om att vi tar det här utomhus? På så sätt, när det börjar regna ordentligt, kommer de att skynda sig in och allt kommer att ordna sig."

Det verkade vara rent vansinne. "Vi skulle behöva täcka honom med filtar i så fall, och nog skulle de väl genomskåda det?"

"Han tillbringade större delen av bröllopet med att titta ner i marken och ingen lade egentligen märke till det."

Jane drog sig undan. "Men ... han levde ju då, eller hur?" Hon tänkte tillbaka på ceremonin. Han hade tittat ner för det mesta ... men han hade talat. Och han hade kommit till sängen ... det hade varit baronen. Det var hon säker på.

Om det bara hade varit mister Foote, kanske hon skulle vara ordentligt med barn och inte ha något att oroa sig för.

Åh, herregud! Var hade den där fullständigt fördärvliga tanken kommit ifrån?

Problemet var att nu när tanken hade dykt upp i hennes huvud kunde hon inte få ut den igen. Om något verkade den erbjuda en lösning på deras fruktansvärda situation. Den enda vägen ut ur den här röran var att bli med barn, och den man som mest sannolikt kunde hjälpa till med det höll om henne just i detta ögonblick.

Baronens rullstol stod vid ett sidobord. Inspirationen slog till.

Mindre än en timme senare styrde mister Foote baron Ealing längs stigen, medan Jane höll ett paraply över dem båda. Mamma stannade inomhus för att se till att de nydekorerade föremålen inte plötsligt försvann.

När de nådde lusthuset vid sjön vågade Jane släppa ut ett skälvande andetag. De placerade baronen, täckt av filtar och halsdukar, mot kanten av lusthuset, i lä från alla andra. De stinkande grötomslagen fyllda med örter fick Janes ögon att tåras.

För en avlägsen betraktare utgjorde de en vacker syn, där Jane plikttroget satt bredvid sin konvalescenta make med en trogen tjänare som styrde honom dit mannen ville. Även Jane hade en filt för att hålla sig varm. Det sista hon behövde i det här läget var att själv få frossa och bli sjuk.

"Mister Foote, jag har en ganska chockerande förfrågan till er."

Mister Foote stod kvar bakom rullstolen, alltid den uppmärksamme anställde, redo att hjälpa sin herre. "Mer chockerande än att promenera med en död baron genom trädgårdarna?"

"Ganska", medgav Jane. Det var skönt att vara så långt från huset; de kunde prata utan att någon tjuvlyssnade. "Det handlar om mitt behov av att bli med barn."

En obekväm tystnad uppstod, medan mister Foote tittade ner i marken.

Hettan steg över Janes nacke och spred sig till hennes ansikte. Hon kastade en blick tillbaka mot huset, bara för att dubbelkolla att det verkligen inte fanns någon inom hörhåll. "Jag har talat med mamma, och av vad hon förstår är det alltmer osannolikt att jag är med barn."

"Jag är ingen auktoritet på området, ers nåd."

Herregud, han rodnade mer än hon. Dags att få det här överstökat innan Epiphany kom tillbaka med prästen.

"Tja, mamma har uppenbarligen mer erfarenhet än jag, och det verkar som att i min naivitet insåg jag inte att vi inte kunde, äh, ha en, äh, framgångsrik bröllopsnatt." Åh, skammen som uppslukade henne vid erkännandet av ett sådant personligt misslyckande!

"Jag", började mister Foote, men sedan fortsatte han inte.

"Och eftersom vi har sett av Epiphanys beteende, har hon redan en son, och hennes make och son kommer att ärva om jag inte föder en son åt baronen. Hon har märkt ut många föremål över hela godset för sin familjs räkning. Min största rädsla är inte för min egen framtid. Jag kan återvända till mitt barndomshem med mamma, med förväntningen att jag skulle tas om hand. Tyvärr kan vi inte ta med oss någon av baronens personal. Allt jag kan erbjuda är ett rekommendationsbrev, som jag fruktar inte skulle väga särskilt tungt."

"Ni ber om ursäkt i förväg för saker som ligger utanför er kontroll", sa mister Foote. "Jag har inte haft några klagomål under min tid i baron E:s tjänst; han är en god arbetsgivare. *Var*."

"Allt detta skulle kunna undvikas", sa Jane och sökte ögonkontakt med honom, "om jag var med barn."

Mister Foote svalde tungt. "Ni kanske är det?"

"Det är därför jag måste fråga er om denna högst oanständiga sak. Om jag kunde bli med barn innan någon utanför vår närmaste krets upptäcker baronens sanna tillstånd, skulle det vara så väldigt enkelt att låta barnet passera som hans."

Han verkade fortfarande inte förstå vad hon föreslog, för han sa sedan: "Ah, så vi hittar ett barn från byn vars föräldrar är villiga att ge bort det?"

"Det skulle kunna vara möjligt, men barnet skulle redan vara för gammalt, och av vad jag förstår tar processen många månader. Jag har också funderat på att ta emot en kvinna som kan ha hamnat på obestånd, men det är ytterligare en person som måste hålla hemligheten, och vem kan säga att hon skulle bära barnet fram till födseln?"

"Det här låter fruktansvärt komplicerat", sa mister Foote. "Jag har en idé. Varför hissar vi inte den gula flaggan för att förklara att vi är pestsmittade, och då kommer ingen hit på ett bra tag?"

"Det är … ganska genialt", flämtade Jane när hon tog in det. Tyvärr löste det inte deras större problem. "Förbaskat, det skulle kräva att familjen Jardine stannar hos oss, och det skulle göra saken ännu mer desperat. Men i samma ögonblick som de ger sig av vill jag att pestflaggan hissas för säkerhets skull. Det kommer att hålla folk borta och ge oss tid."

"Jag är glad att jag kunde hjälpa till", sa mister Foote.

Jane fortsatte att driva sin sak. "Och det finns en annan liten sak ni kan göra. Ni kan göra mig med barn."

Hans mun föll upp i chock, sedan klämde han ihop den igen. En sekund senare öppnade han den, mumlade något obegripligt och stängde den igen.

Jane vädjade till de anmärkningsvärt tröstande bruna ögonen. "Vi har slut på krigslister. Det är den enda chansen vi har att skydda alla på godset. Det finns ingen garanti för att det blir en pojke, men det kommer att säkra oss flera månader till innan familjen Jardine kan kasta ut oss."

Mister Foote kunde inte möta hennes blick. Han harklade sig några gånger och tittade bort. "Jag är chockad och hedrad, i lika mån. Jag måste berätta för er att jag inte har någon större kunskap om själva akten, och är inte säker på om den kommer att uppnå önskat resultat."

"Jag är säker på att jag vet ännu mindre än ni, mister Foote."

"Hallå där!" hördes ett rop från trappan på baksidan.

Där stod mamma bredvid en man klädd i prästrock. Bredvid honom stod Epiphany Jardine och hennes lille son.

Regnet föll stadigare, vilket gjorde återresan till huset i rullstolen farlig.

"Våra alternativ är sannerligen mycket begränsade", sa mister Foote tyst. "Jag ska göra det. Men bli inte förargad om jag skulle bli förälskad i er under processens gång."

"Det är fruktansvärt smickrande, men det finns ingen anledning till det. Jag var tydligen en besvärlig kvinna, enligt min salig pappa, och om ni frågar mamma oroade hon sig för att jag aldrig skulle gifta mig eftersom jag var en sådan otrevlig stackare."

De hade inte mer tid att ägna sig åt förställd blyghet eller att undvika ögonkontakt, för mamma ropade igen, både som en hälsning och en varning om att prästen närmade sig. Med bultande hjärta från sina bekännelser och sin förfrågan höll Jane hårt i räcket för att hålla sig upprätt när besökarna marscherade mot dem.

När pastorn nådde trappstegen steg Jane fram och hälsade honom välkommen till Ealing House.

"Lady Jardine har redan åtagit sig den rollen, men jag tar emot ert välkomnande, till och med dubbelt upp." Han nickade mot Epiphany som kråmade sig och log som om hon vore frun på herrgården.

"Kära Epiphany, det verkar som om moderskapet har tömt henne på allt sunt förnuft", sa Jane och talade till gudsmannen samtidigt som hon gav sin styvdotter en pik. "Jag ber verkligen om ursäkt för att hon har överskridit anständighetens gränser och bjudit in er för att visa er vördnad för baronen och mig i ett sådant *ogästvänligt* väder."

Pastorn såg överrumplad ut. Epiphany kremtade indignerat.

"Var snäll och kom in från regnet", sa hon och riktade inbjudan till pastorn och mamma. "Åh, herregud, det verkar visst vara ganska trångt här under", sa Jane och backade för att skymma sikten mot sin make, som satt i sin stol täckt av filtar. "Så synd att det inte finns plats för er, Lady Jardine."

Mamma tog till orda: "Kanske vi ska dra oss tillbaka till sommarsalongen? Jag har en känsla av att det här regnet inte kommer att avta i första taget."

Välsignade mamma, som erbjöd en utväg ur det här. "Utmärkt idé!" instämde Jane genast. "Eftersom ni står närmast regnet och snart kommer att bli genomblöt, var snäll och gå före, Lady Jardine. Mamma, vi ansluter till dig där om ett ögonblick."

Pastorn såg ut som om han önskade att han kunde fly inomhus. Jane tog sin chans. "Jag ber om ursäkt för att vi träffas under sådana olyckliga omständigheter, pastor ... ahh?"

"Sheffield", sa han, "pastor Nigel Sheffield, till er tjänst, ers nåd."

Han tog hennes hand och bugade sig lätt över den, och kysste sedan lätt hennes knogar.

Jane sa: "Jag såg fram emot att träffa er på söndag morgon, när baronen och jag skulle inta våra platser i Ealing-bänken."

Hmm, hon använde ordet "ursäkta" alldeles för ofta. En baronessa skulle aldrig be om ursäkt för någonting, och absolut inte inför mannen som hennes make anställt för att hålla predikningar. "Hur står det till med församlingen, pastor Sheffield?"

Hans efternamn antydde en plats snarare än en familj, vilket gladde Jane ytterligare. Om hon hade gissat rätt var pastorns familj inte från trakten. Det betydde att han var beroende av baronens beskydd för sin anställning, vilket innebar att han inte var ansvarig inför Lady Jardine. Åtminstone inte än.

"Vigdes ni inte i baronens lokala församling?"

"Vi vigdes i vår familjs kapell. En charmig ceremoni. Vi anlände hem till Ealing Manor i förrgår kväll, efter en fem timmar lång vagnfärd."

"Hur står det till, ers nåd", sa pastorn när han vände sig mot baronen och bugade djupt.

Baronen svarade, helt naturligt, inte.

"Han sover", sa Jane. "Förlovningen, bröllopsfrukosten, den långa resan hem och bröllopsnatten och dagen därpå har tagit ut sin rätt. Att underhålla besökare har varit en stor ansträngning."

Pastor Sheffields ögon blev stora vid detta erkännande. Han rodnade när förståelsen grydde.

"Då har ni mina varmaste gratulationer. Åh, jösses, det här regnet ger sig inte, eller hur?"

"Vi ses på söndagsgudstjänsten, pastor Sheffield. Jag lovar helhjärtat att inte ställa några ytterligare krav på baronen och han ska vara helt återställd då."

Pastorn, som nu var mörkröd i ansiktet, satte på sig hatten och flydde in i huset.

Jane vände sig mot mister Foote och höll tillbaka ett

skratt.

Mister Foote hade också rodnat. "Jag var redo att snarka å baronens vägnar så fort Sheffield hade vänt sig om."

"Det kan ha väckt hans misstankar ytterligare."

"Istället chockade ni honom så att han flydde inomhus. Väl spelat, ers nåd."

Jane gav honom en pillemarisk blinkning och sa: "Tack, mister Foote. Nåväl, ska vi ta hans nåd tillbaka till sängs innan någon annan vågar sig hit?"

"Enig", sa han.

Det var en syn för gudar att dra baronen baklänges över gruset i stolen, men regnet hade fallit så kraftigt att gången hade blivit en lervälling. Att knuffa framåt skulle ha lett till att de inte kommit någon vart alls.

Jane gick en bit före, dels för att mumla instruktioner till mister Foote, som gick baklänges, och dels för att hålla utkik efter andra som närmade sig. De blev inte störda när de nådde diskköket. Väl där lyfte mister Foote upp baronen, och hans voluminösa, våta, tunga filtar, och sa farväl till Jane.

"Kan inte husbonden gå?" sa kocken medan han svingade en köttyxa genom en stekt fågel.

Jane sa: "God eftermiddag, kocken."

"God eftermiddag, ers nåd", rättade kocken, "min fråga kvarstår, kan inte husbonden gå?"

"Det är högst uppenbart att han inte kan det just i detta ögonblick. Han sover."

Kocken högg anden i bitar. "Så länge han inte sover den eviga sömnen."

"Herregud, önska aldrig det över oss!" sa Jane, isad av glimten i kockens öga och verkligheten i de oavsiktliga orden han hade uttalat. Hon var tvungen att byta ämne, och det snabbt. "Vi behöver eftermiddagste i sommarsalongen, se till att Abigail tar hand om det, är ni snäll."

Hack, hack, hack! "Som ni behagar, ers nåd."

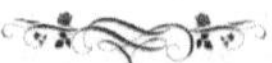

När Jane nådde sommarsalongen fann hon pastorn och Lady Jardine ivrigt samspråkande om det förfärliga vädret medan de blickade ut genom fönstret. Det vette mot en vidsträckt äng, som skulle ha dansat av blommor om det inte vore för detta oavbrutna regn.

Mamma ställde sig upp när Jane kom in. "Min kära, kom och sätt dig vid brasan och värm dig. Jag oroar mig för att du tar hand om din make på bekostnad av din egen goda hälsa! Ska vi be Abigail att tappa upp ett varmt bad åt dig?"

"Du är för snäll, mamma, verkligen. Jag uppskattar din fortsatta omtanke. Men jag är en gift kvinna nu och det betyder att jag måste sätta min man och hans behov främst."

Mamma svarade: "Vilken plikttrogen hustru du är, och vilken kärleksfull mor du snart kommer att bli."

Allt detta var, förstås, för Lady Jardines och pastorns skull.

Abigail dök upp med en bricka med hett te. En annan kökspiga som Jane ännu inte kände igen följde omedelbart efter, med en bricka med koppar, fat och honungskakor.

De ställde dem på bordet och med en mild knuff från mamma steg Jane fram för att hälla upp te till sina gäster.

Hon fick syn på mister Foote som intog sin position vid dörren, och spillde nästan teet.

De andra Jardine-döttrarna trippade in i sommarsalongen och tog varsin plats nära brasan. De följdes strax därpå av Lord Jardine. Flickorna pratade högljutt och livligt med varandra och fortsatte ett samtalsämne de måste ha påbörjat i ett annat rum. Det fanns ingen chans för Jane att delta. Lord Jardine och pastorn verkade redan känna varandra, baserat på deras familjära hälsning och omedelbara fördjupning i samtal.

Det fanns inget sätt att veta vad Epiphany och pastorn hade talat om i Janes frånvaro, även om mamma kanske hade tjuvlyssnat på en del av det, så det skulle hon få reda på senare.

Jardineflickorna, som pratade vänligt sinsemellan, var sådana söta små versioner av sin pappa. När Jane såg från flickorna till Lord Jardine kände hon igen det obesvärade leendet och samma djupa ton i de bruna ögonen. Deras ögon påminde henne om mister Footes, men hans var av en mjukare brun nyans. Vänligare. Mer tröstande. Faderns hår var i en dammig blond nyans, med lockarna borstade framåt vid tinningarna för att dölja hans tunnhårighet. Flickorna hade ärvt hans färger, med sina ljusare lockar uppsatta i nätta korkskruvar. Vilka ljuvliga anletsdrag de hade. En styng av längtan efter egna barn överraskade Jane. En värme växte bakom revbenen. Jane andades bort chocken. Sedan hon fått veta att det var liten chans att hon skulle bli med barn, och medveten om att familjen Jardine skulle slänga ut dem med buller och bång när de upptäckte detta, hade hon blivit desperat. Det fanns verkligen ingen tid att göra några andra planer. Hon bad bara att mister Foote skulle kunna fullborda akten, eftersom hon fortfarande inte riktigt visste hur det gick till. Det kunde väl inte vara så svårt? Familjen Jardine hade lyckats med det fyra gånger; nog borde hon kunna lyckas med det denna enda gång?

Jane vände sig till Lady Jardine och noterade att modern till kullen hade fört vidare sin fint spetsiga haka till sina döttrar. Allt sammantaget hade flickorna välsignats med sina föräldrars allra bästa drag och var verkligen vackra barn.

Sättet Lady Jardine höll sin son på var en bild av perfekt modersomsorg. En vicomtessa som höll sitt spädbarn i famnen var en varm och kärleksfull syn att skåda. Barnet började bli oroligt, och små gnyende ljud följde.

"Han måste behöva mat", sa Lady Jardine, till ingen särskild. "Hämta amman."

Mister Foote, som stod vid dörröppningen, nickade och gav sig iväg.

Lady Jardine vände sin uppmärksamhet mot fönstret, där utsikten bara visade mer ösregn. Hon och pastorn inledde ett nytt samtal om framtida gudstjänster i kyrkan, och det framtida dopet av baronens nyaste arvinge.

Pastorn instämde. "Han bör motta alla sina sakrament i den lokala kyrkan, så att han kan växa upp och bli väl förtrogen med distriktet."

Det föreföll Jane underligt – hur blev det med vicomte Jardines församling? Att vara son till en vicomte innebar högre rang än en baron.

Mister Foote återvände med amman och Lady Jardine räckte över det hättklädda spädbarnet.

Amman tog det gnyende barnet med sig och gick till ett annat rum. Brinnande av nyfikenhet på vad hennes egen framtid kunde rymma, följde Jane efter. Hon fick en glimt av mister Foote när hon gick ut. Hans blick flackade till mot henne, sedan såg han rakt fram som om han inte hade gjort något sådant.

Amman slog sig ner i hallen nära diskköket, blottade sedan ett bröst och lade barnet till det. "Min lilla älskling", sa hon i en sjungande ton.

Vilket vackert band de hade. Vilken underbar amma hon

var. Janes hjärta svällde. Hon harklade sig och erbjöd: "Kan jag hämta er något?"

Amman rodnade. "Svagdricka, om ni har det, ers nåd, detta är törstigt arbete. Och ett glas vatten, om det inte är för mycket besvär."

Jane såg upp och fick se mister Foote närma sig. Värme spred sig genom henne igen, men den var inte ovälkommen.

"Behöver ni hjälp?" frågade han, plikttroget i sin roll som betjänt.

"Ja, amman behöver svagdricka och ett glas vatten."

"Ja, ers nåd", sa mister Foote och gick till köket.

"Jag menar inte att tränga mig på", sa Jane och trängde sig på, "men jag kan själv vara med barn, och då kan jag komma att behöva era tjänster. När blir ni tillgänglig?"

"Beror på hur långt gången ni är", sa amman och mönstrade Jane från topp till tå. "Kan inte vara så långt gången än, ni syns ju inte alls."

Jane lade handen på sin mage. "Nej, inte än."

"Jag menade där uppe", sa amman och pekade med hakan mot Janes bröst. "Av min erfarenhet är de först med att synas."

"Jaså!" Hetta for genom Jane.

En piga anlände med svagdrickan och vattenglaset.

Mister Foote följde efter. "Är det något mer ni behöver, ers nåd?"

Sättet han sa det på sände de mest ovanliga ... känslor ... genom Jane. Högst ovanliga!

"Inte för tillfället", sa hon. Hon lade nästan till ett "tack" men kom ihåg att hålla avstånd till personalen. Att vara alltför familjär skulle väcka misstankar, även hos amman.

Amman drack drickan medan barnet diade. Sedan tog

hon av sig sin hätta för att torka sig om munnen. Slingor av fantastiskt rödbrunt hår frigjorde sig.

"Törstigt arbete", sa hon, med fokus på barnet och inte Jane. "Ånej, du, sov inte på jobbet, min lille lord", förmanade hon och gav barnet en mild knuff på axeln. Barnet tappade taget och sög sig loss från bröstet. Amman stoppade in sig själv och flyttade barnet till andra sidan. Sedan doppade hon ett veck på sin hätta i vattenglaset, drog av barnets mössa och baddade hans tinningar. Genom att blåsa över hans huvud väckte hon honom ur hans mjölkberusade slummer, och han återupptog sitt ätande.

Chockvågor for genom Jane. Sköterskan som lyfte mössan från barnets huvud hade avslöjat hans mjuka, duniga hår. Det hade samma rödbruna nyans som sköterskans.

"Han är en lat en, det är han", sa sköterskan när hon såg upp på Jane. Sedan skrattade hon och torkade barnets huvud igen med den fuktiga mössan. Det tjänade bara till att framhäva hans röda hårfärg. "Nu väcker jag dig, lille lord, och jag tänker hålla dig vaken tills du har ätit ordentligt."

"Det var ett listigt knep", sa Jane, i brist på något bättre att säga. "Jag lämnar er till er måltid, lille lord Jardine", sa Jane och gav sköterskan ett leende som hon hoppades inte avslöjade hennes plötsliga förtjusning.

Jane var noga med att inte springa och gick uppför trappan till baronens rum, där hon hittade mister Foote som höll på att fylla på skålar med starka örter för att dölja lukten.

Jane stängde dörren bakom sig och viskade: "Mister Foote! Jag har nyheter om en högst spännande utveckling!"

Lakejen vände sig om och gav henne ett välkomnande leende. Gnistror av upphetsning for genom henne. Jane grep hans händer i glädje och utbrast: "Jardine-barnet är inte Epiphanys. Är inte det det mest underbara som finns?"

Mister Footes ansikte veckades av glädje. "Är han inte?"

"Han kan inte vara det." Jane grep hans händer och höll dem i sina. "Jag såg det med egna ögon för bara några ögonblick sedan. Efter att ni hade gått blev barnet kinkigt, så sköterskan baddade vatten på hans huvud för att lugna honom ... eller något. Jag vet inte säkert varför hon gjorde det, men det är inte det viktiga just nu. Det viktiga är att jag såg att barnets huvud var täckt av klarröda lockar! Ingen av flickorna har den hårfärgen, och inte heller lord eller lady Jardine. Men gissa vem som har det?"

Mister Foote öppnade munnen och stängde den igen, både chockad och förundrad. "Åh, detta är sannerligen underbart. Tillåt mig att föreslå att det är *sköterskan själv* som har sådana lockar?"

"Min käre mister Foote, hon har precis likadana lockar!" Hon kastade sig i hans armar och kramade honom förtjust. Sedan släppte hon honom och hoppade upp och ner på stället, men slutade när hon insåg att hon hade tagit tag i tjänaren. "Jag är fruktansvärt ledsen för att jag överföll er i detta upphetsade ögonblick."

Mister Foote tog ett steg fram och sträckte sig efter Janes hand.

Hon gav honom den villigt.

Han lyfte sedan upp henne och snurrade henne i luften. "Jag är förtjust och lättad! Jag erkänner att jag i hemlighet hade börjat packa mina saker för att kunna fly med ett ögonblicks varsel, ifall lady Jardine skulle kasta ut oss."

"Hon har redan satt band på vartenda silverbestick", sa Jane när hon återfick balansen efter snurren. "Åh, mister Foote, den lättnad jag känner är fullständigt påtaglig!" Hon tog hans ansikte i sina händer och kysste honom rakt på munnen.

Plötsligt drog hon sig tillbaka. "Åh, kära nån, jag verkar ha gått för långt i min entusiasm."

Hans ansikte blev lätt rosa av förvåning. "Ni får gå så långt ni önskar, ers nåd."

Hetta spred sig genom Jane. "Det är oerhört olikt mig, det försäkrar jag er. Jag har aldrig bjudit någon på ett sådant oförskämt utbrott."

"Ingen skada skedd", sa han. "Detta har varit en känslosam tid för oss alla."

"Verkligen." Problemet var att nu när hon hade kysst honom, även om det var i stundens hetta, ville hon kyssa honom igen. "Skulle ni bli fruktansvärt förolämpad om det hände igen?"

Mister Foote pressade ihop läpparna fundersamt och sa sedan: "Det beror på. Om det hände igen just i detta ögonblick, skulle jag i högsta grad uppskatta den fritt givna gåvan. Men om jag befann mig mitt i en skara anställda skulle det vara fruktansvärt olämpligt. Även om jag likväl ändå skulle uppsk-"

Hon kysste honom igen, mer bestämt och med avsiktlig ansträngning.

Varma förnimmelser spred sig genom hennes kropp och fick något märkligt att veckla ut sig inom henne.

Detta något kallades Hopp.

"Jag har inga ovedersägliga bevis för att barnet inte är lady Jardines, bara omständigheterna kring hans utseende och hårfärg. Men han skulle fortfarande kunna vara lord Jardines barn. Jag vet inte hur äkta makar behandlar varandra efter ett dussintal år i äktenskapet, men det verkar som om tiden inte har fört dem närmare varandra."

"Så kan det vara", sa mister Foote. "Jag tvivlar inte på att lord Jardine mycket gärna ville ha en son och arvinge, och nu har han en. Lady Jardine kanske spelar ett skådespel för att rädda sin ställning och på köpet skydda sina döttrar."

Jane nickade. "Jag antar att folk har ingått underligare överenskommelser än paret Jardine."

Mister Foote harklade sig. "På tal om överenskommelser?"

Med huvudet i dimma tog det Jane ett ögonblick att inse vad han menade. "Åh, herregud! Måste ni ta upp den saken? Jag trodde att dessa nyheter skulle ge oss ett uppskov."

"Jaså?" Mister Footes min föll.

"Tja," hetta for genom Janes kropp vid tanken på vad hon hade föreslagit för mister Foote tidigare under dagen. "Vi behöver väl inte frukta att bli utkastade omedelbart?"

Mister Foote nickade och tuggade sedan fundersamt på insidan av kinden. "Inte förrän nästa gossebarn kommer."

"Vad?" Jane grep tag i kanten på hans jacka för att hålla sig stadig.

"Låt oss se till att ingen hör oss", sa han, tog hennes hand och ledde henne till baronens påklädningsrum. Ingen skulle höra dem i denna innersta helgedom. "Detta löser ett problem, men lämnar det andra olöst. Av det ni har sagt att döma är barnet kanske ingen Ealing, men det kan mycket väl vara en Jardine, och att avslöja barnets moderskap skulle innebära att de *alla* går under."

Jane rynkade pannan. "Lady Jardine kommer att göra samma sak mot oss så fort hon får tillfälle!"

"Låt oss då slå henne på fingrarna. Jag erbjuder er härmed mina tjänster. Med den extra fördelen att mitt hår har en nyans som är någorlunda lik baronens, och ni kommer att ha mycket lättare att få barnet att passera som nästa baron Ealing. Jardine-barnet ärver fortfarande viscountens titel när hans far går bort, och kommer inte att lida för sina föräldrars svek. Inte heller döttrarna, som i egenskap av barn till en viscount kommer att kunna göra goda giften."

Jane steg närmare honom och lade sin hand om mister Footes nacke. Hon drog honom till sig för ännu en kyss. Den här gången öppnades hennes mun av sig själv. Han mötte hennes läppar med sina och skickade gnistor ända ut i hennes fingrar och tår när spetsen på hans tunga dansade mot hennes. En kramp av lust for genom hennes mage, sedan vaknade något längre ner till liv. Hon visste inte vad hon skulle kalla det, hon visste bara att hon måste svara på dess rop.

"Vi kan inte använda sängen, det vore helgerån", föreslog hon.

"Jag kan inte gå till sängen i mitt nuvarande tillstånd", svarade mister Foote. "Duger golvet?"

Ett andlöst "Det får duga" var hennes svar.

Mister Foote ledde ner dem till golvet och uppmuntrade sedan Jane att sätta sig grensle över honom. "Det blir lättare för er på det här sättet, och mindre risk att ert hår blir tillrufsat."

"Men skulle det inte lura lady Jardine att tro att hennes far nyss har tumlat om med mig?"

"Sant, men om jag visar mig i ett liknande tillstånd av skrynkliga kläder, kommer vi att röja oss själva."

"Just det. Häng era kläder på krokarna, så att de inte blir skrynkliga."

Han kysste henne bestämt på munnen och fortsatte att klä av sig. Han tog av sig sin rock, lakejperuk, skor och byxor och fortsatte med att knyta upp sin halsduk och skjortärmar. Dessa hängde han omsorgsfullt upp för att upprätthålla skenet.

Naken flyttade han sig tillbaka till golvet, hans kropp en silhuett i det mörka rummet. De tunga trämöblerna, den tjocka golvmattan och klädställningarna fulla med kläder dämpade ljudet och skyddade dem ytterligare från att bli upptäckta.

Jane lyfte sin kjol mot låret, medan mister Foote rörde vid hennes hud. Hans varma hand på hennes knä skickade pulser genom hennes ådror och fick henne att darra. Han lät sin handflata glida uppåt till hennes skrev, och hon höll på att svimma av intimiteten i det.

Mister Foote stoppade rörelsen och gav hennes ben ett mjukt tryck. "Ni kan öppna ögonen. Jag kommer inte att skada er."

"Det ... det handlar inte om det. Jag bara", överväldigad av självmedvetenhet bet hon sig i underläppen och erkände sedan: "Jag vet inte vad alla dessa förnimmelser betyder. Jag vet inte vad jag förväntas göra."

Han kysste henne bestämt på läpparna, skapade sedan ett spår av kyssar nerför hennes haka, hals och bröst, och sedan ovanpå varje rundat bröst. Hans hand färdades upp under hennes kjol igen och han kupade ena skinkan i sin hand.

En flämtning undslapp henne.

"Ni har kontrollen", sa mister Foote, "ers nåd."

"Åh, attan. Det är problemet", sa Jane medan hon höjde sitt ben lite för att ge honom bättre åtkomst. "Jag har ingen aning om vad jag borde göra. Jag har aldrig känt mig mer utom kontroll. Borde jag njuta av det här så mycket? Det känns fel."

"Jag erkänner att detta känns förtjusande, och ni är en respektabel änka. Hur kan det vara fel?"

"Jag ber er!" ropade hon, "detta kan inte vara respektabelt."

"Kom hit", han rullade över på rygg och drog hennes fullt påklädda kropp över sin nakna. "Sätt er på mig så kommer ni snart på hur man gör." Med det lade han händerna bakom huvudet och lämnade sin liggande kropp helt och hållet på hennes nåd.

Hetta dånade genom Jane över hur oförskämd denna upplevelse höll på att bli. Nåväl, det måste göras. En stickande känsla av något mjukt och vemodigt kröp in i hennes hjärta vid åsynen av mister Footes accepterande natur och eftergivenhet. Han gav sig själv så fullständigt och villigt.

Jane vickade på sig och hasade upp kjolarna igen. Mörkret hjälpte till att dölja hur våldsamt hon måste ha rodnat, att döma av hettan som spred sig över hela hennes kropp. Snart satt hon grensle över honom och flyttade sin kropp över hans för att utforska hans form och omfång. Det fanns något hårt och varmt mellan hennes ben, och hon satte sig på det. Vilda och syndiga förnimmelser for genom henne medan hon pressade sig mot honom.

"Är det här rätt?"

Ett hackigt "Nästan" var svaret.

"Vad gör jag för fel?"

"Ni kommer ... att lista ... ut det."

Det kändes skönt, men inte riktigt skönt *nog*. När hon rörde sig fram och tillbaka, fick en varm reaktion hennes muskler att pulsera av åtrå. Hennes kön gneds mot hans. En varm fukt utvecklades och hjälpte till i processen. Fram och tillbaka rörde hon sig, gned och tryckte ner, tills hon red längre upp och nådde slutet på hans kuk. Hon pressade sig tillbaka över den och rörde sig lite hit och dit. Det fick hennes kropp att skälva av åtrå, men det var fortfarande något utom räckhåll. Hon lade en hand under kjolarna och höll hans kuk på plats medan hon red över den. När hon tryckte sig bakåt fann hon ett nytt ställe som behövde något mer. Hon justerade sig, svankade och vickade runt lite mer.

Mister Foote ryste fram ett mjukt "Jaaaa", men han hjälpte fortfarande inte till.

Efter lite mer vickande, glidande och hasande kom Janes andetag i korta vågor. Något annat trängande byggdes upp inom henne, medan hon gled upp och ner för honom igen. Det var dock inte helt rätt, och hennes villiga partner verkade fullständigt ovillig att hjälpa till alls. Hans händer var fortfarande stadigt bakom huvudet. Hon smög in sin hand under kjolarna för att vinkla saker och ting mer som hon ville och pressade spetsen av hans kuk mot hettan i sitt sköte.

Hon tryckte ner.

"Åh, herregud!" flämtade hon när hon rörde sig hela vägen ner.

Mister Foote ryste och juckade till under henne, och mumlade: "Ni är en naturbegåvning."

KAPITEL 5

L ord och lady Jardine väntade i salongen. Det gjorde även de tre döttrarna. Jane var tvungen att snart lära sig deras namn. Hon kunde inte fortsätta att kalla dem alla för "fröken Jardine", eftersom bara den äldsta vände sig om när hon sa det.

Två lakejer stod i givakt på varsin sida om matsalsdörren. En av dem var mister Foote, och Jane var extra noga med att inte titta på någon av dem av rädsla för att avslöja sin ... minst sagt förbryllande ... hemlighet.

Lady Jardine hade åter spädbarnet i famnen. Lord Jardine fördjupade sig i en tidning, som måste ha varit flera veckor gammal. Jane kunde inte minnas när personalen senast hade tagit in en. Nu när hon var gift och inte längre behövde information om societetslivet kände hon inget behov av att läsa tidningar. Ett plågsamt stygn for genom henne. Baronen skulle vilja ha färska nyheter! Åh, vilket dumt misstag att inte tänka på det! Hon skulle tala med mister Foote om att se till att färska nyheter fortsatte att anlända för att hålla skenet uppe att hennes make ivrigt följde med i ...

vad det nu var som män följde med i. Förmodligen politik, även om hon inte kunde urskilja någon större skillnad mellan ... vad hette de nu igen? Whigs och Tories? Nej, det kunde inte stämma. Kanske borde hon också läsa tidningarna? Hon hade hört viskningar om att lord Byron hade flytt landet i vanära, men mamma ville aldrig riktigt förklara varför. Och hon fick inte läsa hans verk, så att det inte skulle fördärva hennes anständighet. Nu när hon var gift kunde hon väl ändå det?

Den enda nyheten som hade påverkat hennes liv var att kriget mot Napoleon var vunnet. Det var en anledning till dubbelt firande: inget mer krig och ingen mer inkomstskatt. Mamma hade kunnat avsätta de pengar hon skulle ha skickat till statskassan till sömmerskan, för Janes societetsdebut.

Baronens butler kom in i rummet och meddelade att kvällsvarden var serverad. Viscount och lady Jardine gick in i matsalen först; lady Jardine höll den lille gossen i famnen, som hon brukade.

Döttrarna tittade på Jane och sedan på butlern för att se vem han skulle anvisa härnäst. Det var bara en måltid, inte en statlig tillställning. Med en vink med handen vinkade Jane döttrarna före sig, för om de stod kvar här ute för länge skulle hon bli utsvulten och börja äta sin egen hand. Vem visste att äktenskapet gjorde en så hungrig efteråt?

Och trött!

Tack och lov sökte inte heller mister Foote hennes blick när familjen Jardine satte sig. Ingen behövde veta vad hon och lakejen hade gjort. Hon och han hade säkrat allas fortsatta anställning, boende och säkerhet med denna enda handling. Nåja, *handlingar i plural*, om sanningen ska fram. När de väl hade börjat hade det verkat klokt att fullborda den fler gånger, om så bara för att säkerställa att hon kunde bli med barn inom en mycket snar framtid.

Jane tog en tom tallrik från sin makes kuvert och gick sedan runt bordet och lade hans favoriträtter på den.

"Vad gör ni?" utbrast lady Jardine. "Hans nåd har inte börjat!"

"Tack, lady Jardine, men *min nåd* önskar sig en måltid, och han kan inte ta sig till matsalen."

"Och varför inte det? Förgiftar ni honom för att hålla honom sängliggande, så att ni kan ta över baronvärdigheten?"

Jane slutade ösa upp mat och ställde ner tallriken. "Han är trött efter sina ansträngningar, ers nåd, och som hans hustru är det min plikt att se till att han blir tillfredsställd på alla sätt."

Sådär, det borde väl chockera henne till tystnad.

Det gjorde det inte.

Lady Jardine sa: "Hur vet jag att ni talar sanning?"

Jane hade fått nog av detta. "Lady Jardine, ni har redan en arvinge till viscounten. Jag skulle ha trott att det låg i *mitt* intresse att hålla baronen frisk och kry och full av ... vigör ... så att jag kan frambringa en arvinge åt honom. Annars ärver er son alltihop ändå, vilket ni redan har antytt med de många sidenband och kort som ni har placerat på så många föremål på godset."

Med de orden lämnade hon den frustande lady Jardine och tog tallriken till skänken. Sedan kallade hon på butlern och bad honom be lakejen att ta måltiden till hans nåd.

Hon satte sig med ryggen mot skänken, så att hon inte skulle frestas att titta upp när mister Foote utförde hennes befallning. Hon skulle inte kunna hålla masken. Om mister Foote var i närheten av lika hungrig som hon, skulle han kasta sig över maten så fort han var tryggt uppe för trappan.

Lord Jardine tog fyra skedar bondbönor och lade dem på sin tallrik. Sedan sträckte han sig efter ankan. Lady Jardine följde efter med en mindre portion av samma rätter. Döttrarna valde andra rätter och lade upp kopiösa mängder på sina tallrikar. Intressant. Jane älskade bondbönor, men det fanns bara tre skrumpna baljväxter kvar när det var hennes tur att ta för sig. Hon måste ge familjen Jardine att de hade lagt märke till vilken mat hon föredrog, eftersom sparrisstjälkarna inte var rörda. Trots sin motvilja mot dem var hon verkligen hungrig, så hon festade på dem, tillsammans med sellerin.

Medan hon åt och låtsades njuta av sin måltid, lade hon märke till att lord Jardine grimaserade när han svalde varje munsbit bönor med en tillhörande klunk vin. Det var rätt åt honom att vara så girig och ta hennes favoriter, särskilt när han inte ens tyckte om dem. Döttrarna, trots att de tagit så många, rörde inte ens sina. Vilket slöseri!

Lady Jardine mosade däremot sina med en gaffel och gjorde en puré av dem, som hon sedan skedade in i spädbarnets mun. Barnets ögon blev runda av förtjusning när han svalde den läckra nya upplevelsen. Hans hand viftade mot lady Jardines tallrik och visade tydligt att han ville ha mer.

Nåväl, åtminstone en av familjen Jardine slösade inte bort de läckra bönorna!

Under resten av måltiden petade lord Jardine runt sina grönsaker på tallriken, här en morot, där lite potatis, men det var uppenbart för alla att han inte kunde dölja den där kullen av bönor. Även när han råkade knuffa en och sedan tre till av tallriken med ett rop om "slippriga rackare!" var det uppenbart att han inte kunde få ner dem.

Det växte fler i köksträdgården, det var Jane säker på. Hon skulle besöka terrasserna på morgonen och personligen se till odlingarna.

Efter måltiden väntade inte lord Jardine på att damerna skulle dra sig tillbaka. Han gick till ett annat rum, förmodligen för att sitta för sig själv och röka en pipa eller en cigarr. Jane brydde sig inte om vilket. Hon gissade att han under vanliga omständigheter skulle ha tagit ett glas konjak med baron Ealing.

Skulle det finnas något sätt att möjliggöra det i någon form?

"Jag måste se till baronen", sa Jane. Hon ursäktade sig och styrde stegen mot hans rum. Då och då stannade hon till för att beundra en målning på väggen. Ännu en släkting – och även där ett fastsatt sidenband. Ännu ett korpsvart hår. Bevare mig väl, men färgen var stark. Hos varenda Ealingson, i rakt nedstigande led, fanns det kolsvarta håret. Till och med baronessorna tycktes ha valts ut för sina matchande lockar. Inte en enda rödhårig så långt ögat nådde. Mycket intressant.

I hans rum fann hon mister Foote som avslutade en munsbit av hennes makes måltid. Hon ryckte på axlarna inombords. Baronen skulle inte behöva den längre, och mister Foote var säkert hungrig. Liksom hon, och det fanns en halv potatis kvar.

Hon plockade upp den med fingrarna och åt upp den.

Hetta spred sig i henne när mister Foote bekräftade hennes närvaro med en tyst nick.

"Det är bäst att jag tar tillbaka den här tallriken till köket", sa han.

"Jag tar med den tillbaka till matsalen. De kommer att

tro att jag är den plikttrogna hustrun som pysslar om min make."

"Det skulle ge ett gott intryck", instämde han.

"Medan jag är här måste jag ta reda på om det finns något sätt som, äh, som baronen skulle kunna ta del i ett glas konjak med lord Jardine?"

"Jag skulle inte råda till det", sa mister Foote. "Det är en sak att använda en blåsbälg för att få honom att se ut att andas medan han ligger i sängen, men det här skulle vara en helt annan femma. Vi kom undan med det i trädgården eftersom han var vänd åt andra hållet, men att ta en konjak vid brasan skulle vara nästintill omöjligt utan att bli upptäckt."

"Jaha", Jane bet sig i överläppen. "Finns det någon på godset som är lik honom? Som kanske, i dålig belysning, skulle kunna se ut att ha en likhet?" Det var att gripa efter halmstrån, det visste hon.

"Har lord Jardine begärt audiens?"

"Inte precis. Han verkar uttråkad och rastlös. Utan tvekan går det på nerverna att vara omgiven av kvinnor, den stackars karln. Mamma har försökt inleda underhållande samtal, men förgäves."

"Han saknar säkert sin egen umgängeskrets", sa mister Foote. "Kanske är detta det bästa. Hans uttråkning skulle kunna påskynda familjen Jardines avfärd?"

Jane gick fram till den öppna spisen, där elden höll på att slockna. Kanske lika bra det, eftersom det kyliga rummet hindrade dofterna från att bli alltför påtagliga.

Hon grep tag i eldgaffeln och lät sin frustration flöda fritt. "Korkade, påträngande Jardines. Varför kunde de inte bara lämna oss ifred? Jag skulle inte ha vetat att något var fel, skulle inte ha dragit in dig i det här och de skulle ha ärvt alltihop ändå."

"Skyll inte på dig själv", mister Foote sträckte sig efter Janes hand för att mildra hennes attack mot det återstående bränslet, "jag var en högst villig deltagare."

"Det här är helt deras fel", hon drog tillbaka eldgaffeln. Samtidigt sträckte sig mister Foote efter hennes hand och kanten på eldgaffeln fastnade i hans manschettknappar.

Hon knuffade eldgaffeln fri, men den släppte inte taget. Hans arm rörde sig med eldgaffeln, närmare glöden, som om han var en marionett och hon en marionettmästare.

"Vänta!" ropade mister Foote medan han drog sin arm bort från den blygsamma värmen. Eldgaffeln följde med honom. "Den verkar ha fastnat i knapphålet."

Kanske var det frustrationen över deras belägenhet, men Jane kunde inte sluta jucka eldgaffeln upp och ner och styra hans arm. "Intensiteten i vår situation börjar sannerligen bli för mycket", tillade hon med ett fniss. "Vänta ett ögonblick! Det här har gett mig en utmärkt idé. Jag tror faktiskt att baronen kommer att dricka konjak med viscount Jardine trots allt, här i detta rum!"

Darrande hukade Jane i skuggorna bredvid baronens rullstol, med en tunn mörk filt som täckte hela hennes kropp. Borde hon sända en bön om att denna fars skulle fungera? Nej, det var bäst att inte besvära ödet med att dra ytterligare uppmärksamhet till denna plan. De återstående kolen i den öppna spisen gav lite ljus och ännu mindre direkt värme, även om det inte hindrade henne från att svettas ymnigt av svår nervositet.

"Välkommen, ers nåd, baronen är glad att se er", sa mister Foote när viscounten kom in i baronens rum.

Jane kunde inte sitta upp eller vrida på nacken för att se, så hon lyssnade efter ljudet av närmande fotsteg. Någon satte sig i stolen på andra sidan den öppna spisen. Det måste vara Jardine.

Vätska kluckade från en flaska ner i ett glas, vilket måste vara mister Foote som hällde upp deras drinkar. Ett ögonblick senare kände hon hur eldgaffeln i hennes hand rörde sig något. Hon kikade genom filtens väv och såg hur mister Foote säkrade drinken i baronens hand och sedan tittade dit han föreställde sig att Janes ögon måste vara. "Allt väl, sir?"

Jane gjorde ett djupt "harrumf" och hoppades att det lät manligt nog. Det gjorde ont i halsen och hon började hosta.

Hon skulle avslöja allt innan de ens hade börjat.

"Jag ska flytta er stol längre bort, lord Jardine", erbjöd mister Foote, "jag har haft den här harkhostan förut, och den sitter i i nästan hundra dagar. Ni gör klokt i att hålla avstånd."

"Harkhosta?" Jardine flyttade sin egen stol bort, istället för att vänta på att lakejen skulle göra det. "Otäcka saker. Bäst att hålla den borta från min son."

"Definitivt", sa mister Foote. "Det är därför vi har hållit hans nåd isolerad. Era döttrar är friska nog att bekämpa detta, men inte ett spädbarn."

Jane slutade hosta tillräckligt för att inombords häpna över Footes briljanta förslag. Vilken smart man. Hon höll rösten låg och djup för att låta som sin make och sa: "Vill inte ha det här, 'särskilt inte ett barn."

"För er fortsatta goda hälsa", föreslog lord Jardine.

Nu var det verkligen dags att sätta deras plan i verket. Jane lyfte eldgaffeln, som var inklämd i baronens knapphål vid handleden, och höjde baronens hand i en skål. Det fungerade! De skulle verkligen komma undan med detta!

Hon vinklade drinken närmare och närmare mannens mun, med skakande hand hela vägen. Drinken skvätte ur hans glas på väg till munnen. Om Jardine märkte det, sa han ingenting.

Men å andra sidan hade hennes man spillt sitt te vid deras bröllopsfrukost, och ingen hade sagt ett ord.

Mister Foote passade upp på sin herre, baddade bort dropparna och torkade upp spillet. "Får jag fylla på ert glas, ers nåd?"

Jane gjorde det djupaste "harrumf" hon kunde åstadkomma, och Foote tolkade det som ett ja.

Jardine började under tiden prata om sina favoritämnen. Trots vädret mådde boskapen bra, även om foderpriserna tömde deras kassakista. Han såg fram emot nästa parlamentssession, där han skulle ansluta sig till Tories.

Ah, just det, hon visste att det inte var "ponnyer"! Jane muttrade något som kunde vara ett "ja" eller ett "nej" beroende på det svar hon trodde Jardine ville ha. Hela tiden gled hennes svettiga händer på eldgaffelns handtag.

Om hon kunde få glaset till baronens läppar igen på ett övertygande sätt, skulle det – fan också! Eldgaffeln gled ur hennes fingrar och glaset kraschade mot baronens näsa. Jane hostade och hostade och hostade.

Mister Foote skyndade fram och snyggade till sin herre så gott han kunde.

Lord Jardine sa: "Jag uppskattar er tid, Ealing, men det är bäst att jag lämnar er i fred."

Han ville uppenbarligen inte få vad det nu var baron Ealing spred omkring sig. Bra!

Mister Foote tog ett steg fram för att öppna dörren åt honom, men Jardine sa: "Inget besvär, jag hittar ut själv."

Jane fortsatte att hosta för säkerhets skull medan båda dörrarna stängdes med ett bestämt klick. Hon stannade hopkurad under filten tills Foote lyfte upp den och log ner mot henne.

"Gick han på det?"

"Jag skulle nog säga det", sa mister Foote och sträckte fram en hand för att hjälpa henne upp.

Kramper och stickningar anföll Jane när hon sträckte på sina lemmar. Hon satte sig i Jardines stol och mister Foote gnuggade tillbaka cirkulationen i hennes ben.

Värme och en helt annan sorts hetta spred sig genom Jane. "Jag antar att det är bäst att vi flyttar tillbaka Ealing till sängen?"

Mister Foote såg tillbaka på sin herre. I detta svaga ljus, med de falnande glöden, var han sinnebilden av en gammal man som satt vid brasan. Han såg verkligen ut som om han bara vilade.

"Eller så kan vi låta honom vara där han är och ..."

Mister Foote såg på Jane, med en antydan till bus i blicken. "Och? Min fru?"

Jane kände ett behov av att harkla sig eller hosta eller något. "Jag skulle aldrig förmoda, men, kanske ..." Var hon tvungen att bokstavera det?

"Min fru, behöver ... ni mina tjänster?"

"Jag som trodde att du aldrig skulle fråga."

KAPITEL 6

Nästa morgon skulle Janes gäster anta att hon hade tillbringat natten med sin man. Ingen annan behövde veta att hon hade sovit i påklädningsrummet, eller *vem* hon hade sovit med där inne.

Mamma kom med fler grötomslag och dekokter från Bath och applicerade dem rikligt över hennes mans hals och bröst. Lukten fick Janes ögon att tåras, men den dolde de andra starka dofterna som byggdes upp i baronens rum. Luktsaltet gjorde det mesta av grovjobbet, men herregud, det var hårfint vilken doft som var värst. Om lady Jardine kom på besök skulle hon definitivt veta att något var fel. Fruktansvärt, fasansfullt fel.

"Herr Foote, skulle ni kunna ta baronen på en promenad i hans rullstol i förmiddag?" frågade Jane.

Regnet smattrade mot fönstren.

"I det här vädret, Ers Nåd?"

"Är det troligt att han löses upp i det?"

"Jag kan inte vara säker."

"Rotundan då. Se till att han är där ute och blickar ut mot sjön."

Det var dags att dra upp gardinerna och släppa in de friska vindarna, som verkligen var välsignat friska, om än lite blöta. När herr Foote hade avlägsnat den dekoktindränkte baronen från rummen, gjorde Jane upp en större eld och började bränna sängkläderna. Lavendeloljan som mamma hade dränkt lakanen i hjälpte lågorna att bli generöst stora.

Mamma och Jane höll sedan en filt stadigt över den öppna spisens mynning; glipan i botten fick elden att suga kraftigt och dra med sig rök, brända lakan och lukter rakt upp i skorstenen.

Utan något sätt att veta hur länge deras gäster skulle stanna, begav sig Jane till köksträdgårdarna för att kontrollera matförråden. Hon fann lord Jardine redan där, promenerande mellan odlingsbäddarna.

"God morgon, Ers Nåd", sa Jane medan hon höll sitt paraply i en svag vinkel för att hålla sig så torr som möjligt från det sneda regnet. Även han hade ett paraply, men höll på att bli fuktig. "Jag hoppas ni sov gott?" frågade Jane när hon närmade sig.

"God morgon. Jag tänkte jämföra köksträdgårdar", sa lord Jardine. "Se vilka hybrider som klarar sig bra den här säsongen."

"Utmärkt idé. Ni måste fråga baronen vad som klarar sig bra; allt detta är ganska nytt för mig."

"Han har en otäck hosta", sa Jardine.

"Jaså?"

"Ja, i går kväll kunde han knappt smutta på sin drink."

"Åh, stackars man", sa Jane och spelade med. "Han verkade må bra senare på kvällen."

"Betjänten sa att det var kikhosta. Bäst att hålla honom långt borta från barnen."

Jane kämpade emot ett leende, för det skulle avslöja allt, men detta var det mest perfekta svar hon kunde ha fått. Lord Jardine hade köpt deras lilla skådespel och ville nu hålla avstånd. Underbart!

Tack och lov fanns det saker här som kunde påminna henne om eländiga ting, så att hon нe röjde sin glädje. Grödorna, till exempel, klarade sig mycket dåligt.

"När tror ni att sommaren kan tänkas anlända?" frågade hon och vände paraplyet mot vinden.

Jardine frustade. "Vi går troligen raka vägen in i vintern. Era palsternacksblast ser svag och eländig ut. Era pumpor har inga blommor på rankorna, inte heller zucchinin."

Även utan hotet om att Jardines familj skulle sparka ut dem, skulle bristen på mat i trädgårdarna leda till att de alla svalt.

"Har ni inspekterat orangeriet?" frågade han.

"Jag har inte hunnit med det, men jag ska göra det snart."

"Det ser torftigt ut. Citronerna producerar inte mycket de heller."

Åh nej, det lät inte bra. "Men apelsiner är skyddade från kallt väder; varför skulle de misslyckas?"

Jardine skakade på huvudet. "Inga bin."

Jane stannade upp. Åh nej! När hon såg sig omkring i trädgårdslanden fanns det inga spår av de flygande insekterna. Nåja, de flög ofta inte omkring i regn, det var förutsägbart ... men om det regnade så mycket skulle de inte vara ute och göra sitt flitiga arbete.

"Jag har ännu inte frågat trädgårdsmästaren", sa Jane, precis när mannen själv närmade sig. "Här kommer han nu. Herr Gardener, precis den man lord Jardine önskar tala med. Lord Jardine, detta är herr Gardener."

Chefsträdgårdsmästaren lyfte på hatten och muttrade ett snabbt "Ers Nåd" till Jardine, varpå Jardine pepprade honom med frågor om hybrider och korspollinering.

Åh, vilket intressant ämne. Jane stannade kvar, tyst, och lyssnade på deras konversation. Hon behövde veta detta lika mycket som lord Jardine, om hon skulle vinna herr Gardeners förtroende. Han visste inte ens att hon var hans nya husmor; det måste hon åtgärda snarast.

"Hybrider och korspollinering", sa herr Gardener. "Det här äpplet är en bra sort, men vi får ingen frukt på det alls. Fick knappt några blommor i år, så det är ingen överraskning. Inget att göra annat än att hoppas på en bättre säsong nästa år. Aprikoserna lyckades få en del frukt, och dem fick vi in i köket där kokerskan satte igång med att konservera dem."

Aprikoser? Utsökt! Hon skulle fråga kokerskan om sylten nästa gång hon var i köket.

"Det har varit en ära att tala med er, lord Jardine, lady Jardine", sa herr Gardener när han var på väg att ta avsked och återgå till sitt arbete.

"Åh, herregud, jag är inte lady Jardine, jag är lady Ealing", rättade Jane.

"Åh, Ers Nåd, förlåt mig! Det var evigheter sedan döttrarna kom på besök. Jag trodde ni var gift med Hans Nåd här."

"Det finns inget att förlåta, herr Gardener. Det var försumligt av mig att inte presentera mig för all personal på godset så fort jag kom hit. Det är bara det att baronen och jag är nygifta, och vi har, äh, varit upptagna på annat håll."

Herr Gardener rodnade om kinderna och sa: "Var snäll och förlåt en gammal man hans dåliga syn. Jag borde nog se till kycklingarna."

"Självklart", sa Jane.

Han vände sig om och gick.

Intressant. Jane längtade efter att få veta exakt hur länge sedan det var Epiphany hade besökt sin far. Tidigare under besöket hade lady Jardine förkunnat att hennes far alltid hälsade henne med en kyss, som om de träffades ofta. Men denna färska information från chefsträdgårdsmästaren antydde att det hade varit länge sedan Epiphany hade varit i närheten av Ealing Estate.

"Känn er inte tvungen att stanna här ute för min skull", sa Jane.

Mannen förstod vinken och styrde stegen mot godset.

Jane tog sig bort till herr Gardiners redskapsbod, där hon fann honom vid sitt skyddade bord, sorterande olika frön i högar. Trots det vattniga ljuset som silade in genom den öppna dörren, kisade mannen inte ens i sitt arbete. Inget fel på hans syn alls! Hur kunde han ha misstagit henne för Jardines fru?

"Ursäkta mig, herr Gardiner", sa Jane.

Mannen slutade med vad han höll på med och lyfte på hatten. "Ja, Ers Nåd, och låt mig be om ursäkt igen för min försyndelse."

"Jag uppskattade uppriktigheten", sa Jane och bjöd på ett strålande leende. "Lord Jardine är inte här ute, så vi kommer inte att bli avlyssnade. Som den nya baronessan åligger det mig att intressera mig för godset, på baronens vägnar. Detta är ett lika bra tillfälle som något att bekanta mig med köksträdgårdarna och godset i stort."

"Naturligtvis, Ers Nåd", bugade herr Gardiner. "Var vill ni börja?"

Jane log. "Så långt från nyfikna ögon och öron som möjligt. Ska vi promenera till odlingsfälten för att se vilka grödor som klarar sig bäst i dessa fruktansvärda förhållanden?"

Herr Gardiner gav henne ett leende. "Efter er, Ers Nåd."

Bra. "Bondbönorna. De är utsökta. Var växer de?"

Herr Gardiner skänkte henne ett leende så brett att hans ögon försvann i vecken. "De är min stolthet. Nu när jag vet att ni tycker om dem, ska jag plantera fler."

"Det skulle vara underbart. Men tyvärr, vid kvällsmåltiden i går kväll spelade familjen Jardine mig ett spratt och tog alla bönor till sina tallrikar. Sedan petade de runt dem och åt dem inte."

Herr Gardiner skakade på huvudet. "Ursäkta att jag talar innan jag blir tilltalad, Ers Nåd, men det är ett fasansfullt slöseri, särskilt i år när grödorna inte producerar som de borde."

Detta gick alldeles utmärkt. Inte bristen på grödor, som var en total katastrof, men det bekväma sättet herr Gardiner levererade så värdefull information utan att uppenbarligen inse *exakt* hur värdefull hans information var.

"Herr Gardiner, hur länge sedan var det någon av baronens vuxna döttrar besökte Ealing House?"

"Det var många år sedan, Ers Nåd. Och för att vara ärlig, hade vi inte fått veta att de skulle anlända. Vi har dragit upp morötterna alldeles för tidigt, och nu letar vi efter potatis bara för att kunna fortsätta mata dem. Det var en lättnad att få veta att baronen skulle gifta om sig, eftersom vi alla var i ett tillstånd av oordning och inte visste vad framtiden hade i sitt sköte. Ah, här är min goda hustru. Bethany, kom och träffa vår nya baronessa."

Bethany torkade händerna på sitt förkläde och neg. "Ett nöje att träffa den nya husmor, Ers Nåd. Är produkterna till er belåtenhet?"

"I allra högsta grad, särskilt bondbönorna", bekräftade Jane.

Fru Gardiner bjöd på ett strålande leende vid den nyheten. Det tycktes vara nyckeln till att öppna dörrar och hjärtan, för fru Gardiner bjöd in Jane på en kopp te i deras stuga.

"Fyll nu inte vår husmors huvud med skvaller, Beth, hon har viktigare saker för sig."

"Iväg med dig", sa Bethany.

Jane kunde knappt tro sin tur. Skvaller? Ja, tack!

"Om ni inte har något emot det, Ers Nåd, har regnet upphört och jag måste se till pumporna, om ni inte har något emot att följa efter mig?"

Herregud, regnet hade upphört. Det vore inte rätt att hålla dem från sitt arbete, när maten var så knapp i år.

"Det är bara det att det inte är troligt att de befruktar sig själva."

"Lite som människor", sa Jane, innan hon hejdade sig. "Herregud, jag försade mig!"

Fru Gardener gav Jane en menande blinkning. "Tur att vi inte behöver bin för att hjälpa oss med det, annars skulle vi ligga illa till!"

Fnissande följde Jane efter Bethany till odlingsbäddarna, där kraftiga rankor växte över klätterställningar.

"Nå, frun, eftersom ni inte har långa ärmar på er, rekommenderar jag att ni håller avstånd, för de här sakerna är täckta av osynliga taggar."

Ungefär som familjen Jardine, funderade Jane tyst.

Bethany tog några av blommorna och plockade av dem, skalade sedan bort kronbladen helt och hållet och blottlade den pollentäckta ståndaren. Sedan tog hon den ståndaren och kittlade den mot en öppen blomma med en liten pumpa bakom sig.

"Vilket annat år som helst hade vi förvisso kunnat hoppa över den här sysslan, men har ni sett ett enda bi här i krokarna på sista tiden?"

"Nu när ni nämner det … har jag faktiskt inte det."

"Det fanns en tid då man inte kunde låta hundarna springa på klövergräsmattan, de blev stuckna så många gånger att de höll oss vakna hela natten med sitt ylande. Min Barker blev en gång stucken rakt på tungan när han försökte äta ett, och det fick vi alla sannerligen höra!" sa Bethany.

"Är bristen på bin anledningen till att det finns så lite frukt i år?" frågade Jane.

"Ja, det är den." Bethany pollinerade ytterligare en liten squash och gick vidare till squashburen, där hon upprepade processen. "Inte för att det här fungerar särskilt bra i vilket fall, men att vänta på bina innebär att vi inte får någonting alls. Jag kan föra samman han- och honblommorna, men att se till att något växer är bortom min makt."

En isande fasa spred sig i Jane. Hon och herr Foote hade själva gjort många försök. Tanken på att det kanske inte skulle lyckas hade inte slagit henne. I så fall borde hon och herr Foote försöka igen, bara för att vara säkra.

De gick vidare till en bädd med grönsaker som mangold, brytbönor och hennes älskade bondbönor. Vilket fick Jane att tänka på att säga: "Bondbönorna är utsökta. Jag uppskattar alla era ansträngningar."

"Tack, ers nåd. De behöver åtminstone inga bin, och för

det ska vi skatta oss lyckliga. Men om inte bina kommer till-baka snart kommer vi snart att vara innerligt trötta på smaken av bönor."

Synen av fru Gardiner som pollinerade blommorna fick Jane att rodna vid minnet av sina stunder med herr Foote. Och hennes skrämmande naiva föreställning om vad som verkligen skulle krävas för att ... ja, för att själv bli fertil. Hennes kropp hettade till vid tanken på ännu en session i påklädningsrummet. Tanken fick hennes blod att pulsera snabbare, samtidigt som en ny, kall regnskur slog ner över trädgårdslanden.

"Nåja, vi har åtminstone inte behövt forsla vatten i år", sa Bethany medan hon duttade ännu en dammig ståndare över ännu ett blomhuvud.

Jane lade märke till att några av squashplantorna redan växte, eftersom de var dubbelt så stora som alla andra i närheten. "De där ser ut att växa bra. Ni har uppenbarligen gröna fingrar."

"Förhoppningsvis gör de flesta det, men de är bra på att lura en. De får en början, och sedan stannar de av. Utöver bina har vi haft en påtaglig brist på sol i år."

"Kära nån, det är verkligen inte alls bra."

När de gick vidare fladdrade något till i vinden.

Band.

Den sortens band som lady Jardine hade knutit runt föremål inne på godset syntes nu på grenarna på varje citrus-träd i orangeriet.

"Herregud, hon har varit här ute också." Bethany lade handen för munnen. "Ursäkta så mycket, ers nåd, jag pratar bredvid mun."

Jane vände sig snabbt om för att försäkra sig om att lady Jardine inte stod precis bakom dem.

Och fan ta henne, där var hon.

"Dessa tillhör nästa baron Ealing, såsom hans födslorätt är", sa lady Jardine, allt annat än nöjd över att bli hånad. "Jag gör endast anspråk på det som tillhör honom. Skulle ni neka min make och son deras arv?"

En tofs orangefärgat hår stack fram under barnets mjuka hätta. Hans hy var så blek, med en antydan till smörblomme-gult. Man skulle nästan kunna kalla den genomskinlig.

"Lady Jardine", sa Jane och neg.

Bredvid henne sjönk Bethany ner i en ännu djupare bugning som tecken på respekt.

"Ni borde passa upp på min far", skällde lady Jardine.

"Det är precis vad jag gör, jag vårdar min make", bekräf-tade Jane. "Jag kom hit i hopp om att få några citroner. Baronen bad om dem till sin tekopp."

"Jag behöver apelsiner, till barnet", sa lady Jardine. "Hämta dem åt mig, fru Gardiner."

"Genast, ers nåd."

Bethany försvann bort mot några träd. Hon återkom strax med en enda citrusfrukt i handen. "Den här är den som är närmast mogen. Med det här hemska vädret."

"Jag är säker på att den blir bättre med lite honung", sa lady Jardine och tog frukten.

Bethany kittlade spädbarnet på kinden och kuttrade. "Visst är de väl bara för rara? Nå, låt oss vika upp din hätta och ge dig lite sol, så att du kan växa dig stor och stark."

Något smälte inom Jane vid åsynen av det vackra barnet och kvinnan som pysslade om honom.

Kanske skulle hennes och herr Footes ansträngningar bära frukt?

Plötsligt ryckte lady Jardine undan barnet. "Hur vågar ni röra vicomtens son!"

Olyckligtvis hade fru Gardiners finger fastnat i hättans band, och den lossnade i hennes hand.

Spädbarnet började skrika.

Hans orangefärgade hår var klarare än citrusfrukten med samma namn.

"Förlåt mig, ers nåd, jag är så förfärligt ledsen." Bethany vädjade och räckte tillbaka hättan.

Lady Jardine tog tygbiten, vände sig bort och stormade iväg, i högsta grad förnärmad.

Bethany vinklade sig för att kunna se på Jane, med ett illmarigt leende på läpparna. "Allt det där röda håret, inte undra på att hon gömmer det under en hätta!"

Janes hjärta slog snabbare, men hon höll rösten så låg och oskyldig som möjligt. "Det är ganska chockerande, eller hur? Men jag skulle skatta mig lycklig att bli så välsignad, när min tid kommer. Jag kommer inte att bry mig det minsta om barnets hår är klargrönt."

"Ingen chans till något annat än kolsvart från baronen", sa Bethany. "Det där röda måste ha legat och lurat på lord Jardines sida."

Jane undrade högt: "Hans amma har exakt samma hårfärg. Jag undrar om det finns någon familjekoppling där?"

"Åh, ers nåd, ni är då en oskyldig själ, är ni inte?" sa Bethany och dolde ett fnitter bakom handen.

Jane var tvungen att behärska sina anletsdrag för att inte visa sina misstankar. Det var mycket bättre att spela oskyldig; nu skulle Bethany skvallra för all och envar om hur baronessan inte visste något om familjedrag och blodslinjer. Men skvallret skulle komma ut. Ja, det skulle passa hennes syften mycket väl.

Bethany slutade fnittra och frågade rakt på sak: "Ni är väl

inte fortfarande oskyldig, baronen har väl redan gett er en arvinge, eller hur?"

Åh ja, det här utvecklade sig helt perfekt. "Herregud, det där var synnerligen oförskämt."

Bethany tog ett steg tillbaka. "Jag måste be om ursäkt, min mun lever sitt eget liv hela tiden."

"Ingen skada skedd", försäkrade Jane henne. "Faktum är att jag hoppas på goda nyheter snart."

"Han tar inte ut sig för mycket? Han kunde vara så flegmatisk med den tredje baronessan. Åt oss nästan ur huset när han försökte få till en pojke, fjärde gången gillt, ville bara äta och dricka vit mat. Endast kycklingbröst, potatis förstås, det ljusaste ölet, gröt med socker och inte honung, och vetet måste malas till fint pulver innan han åt brödet."

Utmärkt information. Jane lade den på minnet. "Jag tror att han har övergått till grönsaker, i mitt fall," sa Jane, sänkte blicken och hoppades att en rodnad skulle stiga till hennes kinder för att göra det hela mer autentiskt. "Han verkar ganska förtjust i bondbönor nu, liksom jag."

Bethany strålade av glädje över detta val. "Då ska vi inte undvara några till Jardines och se till att kocken ger dem alla till hans lordskapas betjänt."

När den skvallerstunden var över, och efter att ha fått veta mycket mer än hon hade förväntat sig, tog Jane farväl och gick tillbaka till herrgården.

Hon fann butlern i källaren, där han räknade de återstående vinflaskorna. Den stränge mannen skrämde henne lite, men hon var baronessan nu, hon behövde inte hans godkännande eller tillåtelse. Han arbetade för henne, och hur mycket han än hyste någon tillgivenhet för den förra baronessans barn, behövde han anpassa sig till den nya situationen. Och det snabbt.

"Stone, var snäll och säg till kocken att lägga undan alla bondbönor åt baronen."

Stone nickade och sa: "Ja, ers nåd, genast."

Herregud, det gick ganska snabbt. Hon hade förväntat sig att han skulle klaga eller fälla någon sorts kommentar. Det kändes inte rätt att det skulle vara så här enkelt. Nyfiken höll hon sig på avstånd och följde efter butlern mot köket. Om han frågade ut henne skulle hon be honom att ge henne en rundtur på egendomen för att försäkra sig om att hon var bekant med alla rum och marker. Det var något som den nya baronessan borde veta om sin makes affärer och boningar. Hon hade bara precis träffat två av trädgårdsmästarna. Det kunde bo en hel by av människor i stugor på godset för allt vad hon visste.

Stone tvekade inte utan gick direkt till köket. Jane gömde sig bakom en dörr och lyssnade uppmärksamt.

"Den nya baronessan vill ha alla bondbönor till hans lordskap. Se till att betjänten tar dem till honom till hans måltider."

"Bondbönor?" Jane kunde höra frågan i kockens ton. "Han har aldrig tyckt om dem förut."

"Och han brydde sig inte särskilt mycket om havregrynsgröt heller, men om jag minns rätt hindrade det honom inte från att proppa i sig det när han försökte få en pojke med den förra."

"Bondbönor. Nåväl. Det är åtminstone görbart. Tur att han inte ber om äpplen; de är lika sällsynta som hönständer, och han älskar dem."

Jane drog efter andan vid denna nyhet. Baronen älskar äpplen. Personalen talade om baronen som om han fortfarande levde. Det innebar att hennes svek, hur fruktansvärd synd det än var, fungerade. Hon smög ut från sitt gömställe, tog sig till hallen och väntade på att butlern skulle gå förbi igen.

Det var alldeles för tidigt att dra in någon annan i konspirationen i detta skede. Men om hon, mamma och herr Foote skulle lyckas ro det här i land, behövde de veta att de hade resten av personalen på sin sida.

"Jag skulle vilja resa in till staden", sa hon när butlern närmade sig. "Det är många grödor som har misslyckats här på godset, och om jag besöker staden kanske det finns något sätt att säkra varor som växer i andra områden."

"Jag har hört att det är en dålig växtsäsong överallt. Jordgubbar är sällsynta, och jag har inte sett ett enda körsbär", bekräftade Stone.

"Det är en stor besvikelse. Jag är förtjust i jordgubbar och hallon."

"Kommer hans lordskap att göra er sällskap?"

"Han behöver sin vila; han verkar särskilt utmattad idag."

"Jag såg betjänten ta ut honom på en tur i stolen. Jag vet inte om den friska luften gör honom någon nytta."

"Han piggnar till på kvällarna", sa Jane.

Vid detta rodnade Stone djupt vinrött och muttrade: "Jag ska hämta en betjänt som kan följa med er."

Perfekt.

Det hade varit ännu bättre om betjänten hade varit hennes herr Foote, men han behövde vakta baronen. När allt kom omkring var det bäst att en annan anställd följde med henne till byn.

KAPITEL 7

Det fanns sannerligen inte mycket att välja på. Årstiden ställde till det för allt som krävde solljus och bin. I en butik hittade hon två äpplen. Kocken skulle kunna skära bort maskhålen och det lilla blåmärket vid foten på det ena. De kostade lika mycket som en hel skäppa året innan. Det skulle inte ens räcka till en liten paj, men det skulle bli ett välsmakande tillskott i kycklingfyllningen.

Att veta att baronen föredrog dem skulle upprätthålla illusionen av att hon skaffade dem för hans smak.

"Jag kan ge kocken en lista på de frukter hans nåd önskar, så skaffar han dem nästa gång han är i stan, nådig frun", erbjöd betjänten.

Vanligtvis var det kocken, eller till och med någon av kökspigorna, som köpte extra frukt till hushållet som de inte redan odlade själva. "Om du ser en aprikos, var beredd att betala en kunglig lösesumma för den", muttrade hon. "Baronen avgudar aprikoser, men det finns inga att finna."

De kikade in hos en modist för att titta på hattar, för det var vad Jane hade hört att nygifta kvinnor skulle göra.

Hennes mors tidningsprenumerationer var fyllda med de senaste illustrationerna av bahytter, hättor och hattar. Nu när hon var gift borde hon skaffa en spetshätta, så som hennes ställning i societeten krävde.

En annan butik sålde karameller och sylt. "Har ni möjligen några inlagda aprikoser?"

"Tyvärr är de slutsålda och vi får inga fler från Bermondsey på minst en månad", sa butiksägarinnan.

"Jaså", sa Jane och rättade till sin sjal. "Det är bara det att baronen är så förtjust i aprikoser, och det finns inga att få tag på i år."

"Gode Gud, ni är den nya baronessan", sa butiksdamen och neg snabbt. "Jag borde ha känt igen er betjänt där ute. Jag är så fruktansvärt ledsen att vi inte har några. Alla vet att baronen älskar sina aprikoser. Hade han också en dålig skörd i år?"

Så underbart att knyta denna kontakt. Utan tvivel skulle denna butiksägarinna berätta för allt och alla att baronen längtade efter sin favoritfrukt. "Trädgårdsmästarna säger att det var få blommor i år, och bara ett fåtal som tog sig. Vi har bara några få konserverade burkar, eftersom inga var särskilt bra att äta direkt."

"Jag ska anteckna det i orderboken, nådig frun, och skickar ett bud så snart vi får in nya varor."

"Tack, jag lämnar en betalning här för ert besvär."

Butikskvinnans leende må ha varit behärskat, but hennes ögon glänste och hennes händer tog snabbt emot mynten som Jane lade fram.

"Kan jag hjälpa er med något annat, nådig frun?"

"Det var allt för nu. Jag måste återvända till baronen, men jag ska framföra era lyckönskningar och fortsatta ansträngningar att säkra fler aprikoser."

Butikskvinnan strålade av belåtenhet. "Tack, nådig frun."

När Jane återvände hem fann hon godset i fullständigt uppror.

Personal – både baronens och vicomtens – ilade fram och tillbaka och bar på lådor och resgodskoffertar.

"Jag tänker inte bli tilltalad på det där sättet!", skrek en kvinna från våningen ovanför.

Jane fann butlern så snabbt hon kunde. "Stone, vad är orsaken till denna katastrof?" Kalla kårar spred sig genom Janes kropp vid tanken på att deras list hade avslöjats. Och allt hade gått så bra!

"Herrskapet Jardine ger sig av", bekräftade Stone.

Lättad, men desperat att inte visa det, svarade Jane milt: "Så snart?"

"Det verkar så", bekräftade Stone med ... vad som lät som ett skratt i rösten.

Jane vågade inte se på honom ifall hon också skulle börja skratta.

"Där är ni!", skrek Lady Jardine åt Jane när hon stampade nedför trappan. "Var har ni hållit hus! Er personal har uttalat de mest skandalösa skymfer mot mig! Jag tänker inte stanna en minut till under samma tak som dem!"

"Lady Jardine, vad har upprört er så?" Inte för att Jane egentligen brydde sig om svaret, hon var tvungen att behärska sina anletsdrag och inte avslöja sin inre förtjusning över att de skulle ge sig av.

"Vår amma frågade bara om tillgången på några örter från köksträdgården och inom några sekunder skvallrade er personal med min, och gjorde illvilliga antydningar om barnets..." Hon viftade med en näsduk under näsan och andades in för att inte svimma. "Det är så skandalöst att jag inte står ut med att upprepa det!"

Utmärkt, tänkte Jane. "Herregud, så upprörande", sa hon.

Lady Jardine förklarade: "Jag måste tala med baronen!"

Janes mage vände sig. Att vara så nära segern, bara för att förlora vid detta sista hinder. "Vänta! Han vilar!"

"Det struntar jag i!", sa Lady Jardine.

Amman kom in i hallen, bärande på barnet.

Lady Jardine vände sig om och slet spädbarnet ur hennes armar. "Jag ska se till att min far erkänner sin arvinge och Jane ska bevittna det!"

Inte för att Jane tänkte låta Lady Jardine storma in i baronens rum ensam i vilket fall som helst, men nu hade hon åtminstone en ursäkt att följa efter om hon skulle bevittna detta. När de nådde toppen av trappan och vände sig mot baronens rum ropade Jane: "Han kommer inte att uppskatta att bli väckt ur sin sömn. Han behöver sin vila efter så mycken ansträngning!"

Det stoppade inte kvinnan, som fortsatte allt närmare baronens rum.

"Snälla, Lady Jardine", höjde Jane rösten en aning, medan hon desperat vädjade till henne. Hade mister Foote hört henne? Skulle han ha tillräckligt med tid att förbereda vad han än behövde göra, inför besökarnas ankomst?

"Höj inte rösten mot mig", sa Lady Jardine mellan sammanbitna tänder.

Förbaskat, kvinnan skrek inte tillbaka. Varför välja just nu att sänka rösten när hon för ett ögonblick sedan hade varit högljudd nog att väcka de döda?

Kära nån, dåligt val av tankar!

Spädbarnet började gny. Utmärkt, ljudet skulle varna mister Foote och han skulle veta vem som var på andra sidan dörrarna.

"Lady Jardine, trots era krav är detta baronens hus, och som hans hustru är det även mitt hus. Jag tänker inte låta er störa honom när han behöver sin vila!"

Snälla, stanna här ute och gräla med mig, snälla gör inte—

Lady Jardine slet upp dörrarna och sa: "Jag ger mig inte av förrän han erkänner sin arvinge."

Den första dörruppsättningen öppnades ljudlöst, och än en gång förbannade Jane personalens goda hushållning som höll gångjärnen så välskötta. Förbannade vare de allihop!

"Vad är det för lukt!", sa Lady Jardine när hon öppnade nästa dörruppsättning till baronens kammare.

"Talgljus", ljög Jane snabbt. "Jag är inte i position att ifrågasätta min herre och makes utgifter; de är mycket mindre kostsamma-"

"Det stinker av vidriga dunster!", förklarade Lady Jardine.

Jane kom snabbt på en avledningsmanöver.

"Han är en gammal man! Hur vågar ni göra er ... *lustiga* över hans åkomma. Det gör inte jag. Inte heller borde ni, som en hängiven dotter, göra det."

Spädbarnet gnällde igen och kastade huvudet bakåt, vilket fick hans hätta att falla av och blotta det fantastiska, klarröda håret. Med endast ett ljus i vägglampetten skulle det vara för mörkt för någon annan att urskilja färgen. Detta passade Jane utmärkt, eftersom ingen heller skulle kunna se baronens ansikte. Då grep en djävulsk impuls tag i henne. Tänk om Lady Jardine trodde att baronen skulle se barnets rödbruna lockar?

"Jag ska öppna fönstren och släppa in frisk luft och ljus",

sa Jane och sprang till det närmaste fönstret, som råkade vara längst bort från sängen.

Var var mister Foote? Herregud, tänk om han inte var på plats i tid? Hon bad tyst att han skulle dyka upp. Hon hade kommit att förlita sig så mycket på honom den senaste tiden. Vad skulle hon någonsin göra utan honom?

"Ers nåd", sa Lady Jardine högt, snett mittemot sängen. Hon höll ett avstånd, medan spädbarnet, som förmodligen redan hade ett välutvecklat luktsinne, gnällde av obehag. Jane klandrade honom inte. Hon var själv nära att kväljas.

"Jag ska kalla på betjänten", sa hon.

När Jane andades in knöt och vände sig magen i henne, till den grad att hon när som helst skulle vanära sig själv. Hon dök mot sängkanten i hopp om att hitta en potta. Vad som helst som kunde ta emot hennes uppkastningar. Det spelade ingen roll att det fortfarande fanns något i pottan, vilket sved i hennes näsborrar. Hon kräktes och kräktes till utmattningens gräns. Hon trodde att det skulle lugna magen att kräkas, men det gjorde det inte alls. Hon kände sig bara ännu mer eländig. Detta var hennes straff för bedrägeriet, det var hon säker på.

Det var då hon såg konturerna av en man under sängen. Mister Foote! Han tryckte sitt pekfinger mot läpparna och uppmanade henne att inte avslöja något.

Välsignade man, han var här trots allt! Hennes hjärta svällde av att se honom.

"Jag ska öppna ett fönster till", muttrade Jane när hon reste sig.

"Behövs inte, det här tar inte lång tid", sa Lady Jardine. "Ers nåd, jag är här för att presentera min son, näste vicomte Jardine och baron Ealing."

Ett rossligt ljud kom från trakten av baronens huvud. "Inte en Ealing."

Lady Jardine tog ett steg tillbaka. "Vad?"

"Inte en Ealing", sedan skakade en serie slemfyllda hostningar sängen och baronen. Vad mister Foote än gjorde så fungerade det; Lady Jardine tog ytterligare ett steg tillbaka.

Jane harklade sig. "Det lät som om han sa 'Inte en Ealing.' Vad tror ni han menar med det?"

Lady Jardine sa: "Jag skulle säga att han har förlorat förståndet. Jag kommer att bestrida testamentet. Min son kommer att ärva allt han har rätt till!"

"Lady Jardine, snälla", började Jane, men tystnade plötsligt när hon kände behovet av att kräkas igen. Kunde det verkligen finnas något kvar? Hon var tvungen att ta sig ut ur rummet.

Ett snarkande ljud hördes från sängen. Mister Footes verk, men det var imponerande.

"Jag har bett kocken koka lite sötad mjölk till barnet", sa Epiphany Jardine. "Amman är på något sätt sjuk och kan inte längre utföra sina plikter. Ni behöver förmodligen ingefärste. Det lugnar magen."

"Det låter förnuftigt", sa Jane, desperat att lämna rummet.

Vänta, hade Epiphany sagt något om att amman inte kunde ge di? Det kunde inte vara bra för det oskyldiga barnet. Det var då hon kom ihåg baronens andra åkomma som hade hjälpt Lord Jardine att hålla avstånd.

"Nådig frun, baronen kan ha kikhosta, vilket jag själv har genomlidit som barn, men spädbarnet är inte säkert för det."

"Bra poäng", sa Epiphany. "Men han har i alla fall erkänt min son."

Nej, det hade han inte, tänkte Jane. Hennes mage vände sig igen och hon flydde från rummet.

När de nådde den friska luften i den yttre hallen började Jane känna sig mer som sig själv. Tyvärr, när de kom in i köket, fick matoset henne att må illa igen och hon sprang utomhus. Hon höll i en bindstolpe nära stallet för att hålla balansen.

Den kalla luften mot hennes nacke hjälpte till att lugna magen, men hon kände sig ändå fullständigt eländig. Kanske hade hon ådragit sig något av att vara så nära sin makes ruttnande kropp.

Fru Jardine närmade sig, utan spädbarnet – hon måste ha lämnat tillbaka det till amman. Hon höll i en mugg med hett vatten fylld med krossad ingefära.

Jane smuttade och fann att det inte var helt oangenämt. Lite pepprigt, men doften lugnade hennes oroliga nerver. Det var nog det som det var.

"Ni väntar redan barn", sa Lady Jardine. "Jag led också av illamående med mina tre."

Jane blinkade. Lady Jardine hade fött *fyra* barn.

"Pojken orsakade inga besvär", lade Epiphany snabbt till. "Bara flickorna. Flickor orsakar illamående. Pojkar skapar halsbränna. Detta är underbara nyheter. Nu kommer inget att stå i vägen för min son. Jag önskar er och er framtida dotter all lycka. Det är dags för mig att ge mig av."

"Baronen erkände inte er son", sa Jane medan hon smuttade på mer av det heta vattnet. Herregud, det höll på att klarna hennes huvud.

"Jo, det gjorde han", protesterade Lady Jardine. "Han sa tydligt 'Ännu en Ealing'."

"Jag hörde annorlunda. Jag hörde honom tydligt säga

'Inte en Ealing', och ni reagerade dåligt på det. Ni var missnöjd med hans utlåtande."

"Jag tror ni kommer finna att domstolarna håller med mig när det blir dags. Och i vilket fall som helst väntar ni en flicka, det är jag säker på. Njut av ert äktenskap med den illaluktande gamle mannen. Och jag skulle råda er att ta ett bad och låta personalen byta lakan oftare, för hans problem börjar bli fruktansvärt ohanterligt."

Det krävdes all Janes energi för att inte brista ut i skratt. Hennes ansikte förvreds. Hon skulle avslöja sin fruktansvärda hemlighet och omintetgöra allt deras arbete, på grund av sin egen febriga oförmåga att hålla ihop. Molnen ovanför bar på mer regn; de skulle snart behöva gå in igen.

Lady Jardine frustade. "Ja, det jag sa var upprörande, men det är sanningen. Jag antar att vi ses om, säg, åtta månader och jag kommer att ha rätt igen. Min far kommer fortfarande att smutsa ner sängen och ni kommer att ha en flicka att visa upp för allt ert besvär."

Åh, kära himmel, det här var ännu roligare. Lady Jardine hade fullständigt feltolkat Janes ansiktsuttryck och trott att hon var upprörd. Det här kunde fungera. En kall, fet regndroppe träffade henne i pannan. Jane begravde sitt ansikte och grät av lättnad.

"Såja, såja", klappade Lady Jardine Jane nedlåtande på axeln. "Ni kommer med tiden att inse att jag har rätt. Det har jag alltid. Farväl, min nya mor, jag hoppas ni inte dör i barnsäng. Jag vill åtminstone se er förlöst med denna flicka så att jag kan fortsätta att kräva det som rättmätigt tillhör min son."

Med det sagt reste sig Lady Jardine och promenerade tillbaka till huset.

Jane stod vid fönstret och såg vagnarna rulla ut genom huvudporten. Hon sjönk ihop och gav ifrån sig en komiskt hög suck. Det fanns inga spioner här på godset – inte med tanke på hur personalen hade betett sig runt herrskapet Jardine.

"Är de verkligen borta?", frågade mister Foote när han steg in i rummet.

"Ja!", Jane kunde ha svimmat av lättnad. "Vi är äntligen fria."

"Hur länge?", sa mister Foote.

"Epiphany förklarade att jag redan väntar barn", sa Jane. "Hon sa självmant att hon skulle komma tillbaka till barnets födelse."

Mister Footes ansikte lyste upp i ett leende. "Ni väntar barn?"

"Enligt Epiphany gör jag det."

"Det är underbart!" Han sträckte sig efter henne.

Jane föll i hans famn. "Jag kan ärligt talat inte vara säker. Jag kan lika gärna ha blivit överväldigad av dunsterna som av de tidiga tecknen på att bära ett barn."

"När det väl är bekräftat att ni väntar barn, ska jag söka ny anställning", sa mister Foote.

Det fick Jane att stanna upp.

"Vad?"

"Jag..."

"Nej! Nej, det ska du inte. Jag behöver dig här!"

"Men–"

"Det ska du inte. Och därmed punkt. Jag vill inte höra något tal om–"

"–jag är kär i er–"

"–att ge dig av."

Tystnaden låg tung i rummet.

Jane svalde.

"Kära nån", sa mister Foote. "Det var aldrig meningen att erkänna det."

"Det är ingen fara. Du varnade mig ju för att det var en möjlighet."

"Det gjorde jag visst."

Jane svalde igen.

"Det är därför jag måste ge mig av", sa han. "Personalen kommer att märka att jag gör kalvögon efter dig. Några av dem har redan gjort det."

"Tyst."

"Jag har sagt för mycket. Jag är borta i morgon."

"Åh, ärligt talat, håll tyst, Theodore."

"Du kan mitt förnamn?"

Jane stirrade på honom. Nu var det hans tur att svälja tungt. Han lutade sig mot en stolsrygg men satte sig inte. Han var en betjänt; han skulle stå.

Gode Gud.

"Theodore", sa Jane. "Du är en god man. En kär man. Du har säkrat allas ställning här, inklusive min."

"Men jag är ingen ärlig man."

"Jag är inte heller någon ärlig kvinna. Men omständigheterna krävde att vi gjorde det bästa av en dålig situation. Och nu, om du tillåter mig ett ögonblick av ärlighet i denna värld av undanflykter vi har skapat, har jag också kommit att tycka alltför mycket om dig."

Mister Foote – Theodore – såg på Jane, med munnen öppen av förvåning och förvirring. Till slut sa han: "Hur ska vi kunna fortsätta så här?"

"Vi fortsätter. Det är allt", sa Jane. Hela tyngden av

hennes bekännelse hann ifatt henne och hon sjönk tungt ner i närmaste stol. "Jag inser först nu att jag inte ångrar något. Jag vet ärligt talat inte om jag väntar barn, och jag skulle väldigt gärna vilja göra vad som är nödvändigt för att se till att det blir så. Och om det barnet kommer till världen genom en kärlekshandling, tja, var ligger synden i det?"

"Men ni är gift..."

Jane lät ordet hänga i luften mellan dem, tills Theodore insåg vad han hade sagt.

"Ni är inte längre gift, eller hur? Ni är änka."

"Precis. En änka som kanske bär sin bortgångne makes arvinge till godset. På många sätt tillhör personalen här min avlidne make. De är alla en del av detta gods. Jag har inte heller brutit mina äktenskapslöften."

"Ni är ganska slug, som hittar ett sätt att rättfärdiga våra handlingar."

Jane lutade sig tillbaka i stolen och drog upp kjolarna över anklarna. "Jag vet ännu inte om jag väntar barn. Det åligger mig att producera en arvinge. Vi borde nog se till att det finns en, eller hur?"

Theodore harklade sig. Jane kikade ner på bulan framtill på hans byxor. "Du är en utmärkt betjänt, alltid redo och så uppmärksam mot din matmor."

KAPITEL 8

SEN VÅR, 1817

D et kändes som om en elefant hade bosatt sig i Janes kropp när hon tog emot Theodore Footes hjälp för att resa sig från sin stol.

"Mår ni alldeles utmärkt?" frågade han.

"Ja, tack."

Baronens personal hade varit ytterst tillmötesgående de senaste veckorna. Även de var spända på arvtagarens ankomst. Mr och mrs Gardener hade hållit godset rikligt försett med mat under vintern, tack vare ett överflöd av rotfrukter. Aprikosträden blommade och surret från bina var en välkommen lisa för själen.

Ljudet av hästar ekade från uppfarten. Inte ett lika välkommet ljud som det från bina. Jane kastade en blick på Theodore, som höjde på ett ögonbryn till svar.

"Ska jag informera vem det än är om att ni inte tar emot besök?"

"Jag har en känsla av att det är familjen Jardine, och jag

har också en känsla av att Epiphany ändå inte kommer att acceptera beteckningen *besökare*."

Vaggande till vestibulen anlände Jane i tid för att se butlern Stone öppna dörren.

"Inta era platser!" ropade hon.

Några minuter senare välkomnade en rad medlemmar av familjen Jardine och deras följe sig själva in på godset och förflyttade sig av egen vilja till de olika rum de hade bott i förra gången de var här. Den lille pojken Jardine hade vuxit, liksom hans chockerande ljusa hår, och den här gången bars han av en annan barnflicka. Amman anlände också i släptåg, med håret hårt uppsatt under en sjalett och med ett pipande nytt, helt skalligt tillskott till familjen.

Amman såg utmattad ut.

Lady Jardine måste ha hållit sitt eget tillstånd som en välbevarad hemlighet förra gången de var på godset.

"Det är en pojke till", sa lady Jardine när hon närmade sig Jane och gav henne fnösktorra kyssar på kinderna. "Ta mig till baronen omedelbart, jag vill att han erkänner den här också."

"Det kommer att bli svårt", sa Jane.

"Låt mig gissa, sover han igen?"

"För gott", bekräftade Jane.

"Vad?"

Jane hade repeterat vad hon skulle säga. Hela godset var med på noterna.

"Han avled inom en vecka efter att ni åkt, av hostan. Det kom som en chock för oss alla. Ni kan visa er vördnad vid hans grav på kyrkogården."

Lady Jardines ansikte rodnade medan resten av hennes familj och personal jäktade förbi dem. En del av Janes personal tog amman och hennes nyfödda direkt till köket för lite te och mumlade om att hon skulle få vila sig.

"Hur dog han?" krävde lady Epiphany Jardine.

"Hostan tog honom. Många av oss blev sjuka vid samma tid. Vi var tvungna att stänga godset för alla. Jag var nära att gå under själv, trots att jag tidigare hade överlevt en episod i min ungdom."

Med en fnysning av ogillande sa lady Jardine: "Ni skrev inte."

"Jag kunde inte. Jag återhämtade mig inte förrän till hösten. Då hade jag", och här klappade hon sin utspända mage, "annat att ta hand om. Jag skickade ett brev vid jul, men kanske kom det inte fram?"

Jane visste att meddelandet inte hade kommit fram, för hon hade aldrig brytt sig om att skicka det. Varför bjuda in familjen Jardine till inspektion innan hon var tvungen?

"Ta mig till hans grav, nu", sa Epiphany.

"Gärna för mig", nickade Jane. "Stone, vill ni hämta en lakej som kan följa med lady Jardine till kyrkan?"

Innan Stone hann svara sa lady Jardine: "Ni följer med mig."

"Lady Jardine, jag är inte i skick att gå så långt. Min tid är snart inne, som ni mycket väl vet, för det är väl därför ni är här, eller hur?"

"Ni ska följa med mig till min fars eviga viloplats i denna stund. Hämta min fars rullstol om ni måste."

Ingen dålig idé, allt sammantaget.

Inom några minuter hade Theodore hämtat stolen och de gav sig iväg på den korta promenaden mot kyrkan. Det var ingen jämn promenad, och stolen skumpade och krängde längs stigen.

"Mister Foote, det vore snällare mot min ryggrad om jag

gick resten av sträckan. Var snäll och håll min hand så att jag inte snubblar", sa Jane.

Att hålla hans hand, offentligt, kändes så underbart. Om någon såg dem skulle det lätt kunna förklaras som att en hängiven anställd hjälpte sin härskarinna. Det skulle inte bli några opassande blickar eller skvaller. Förutom chocken av att se baronessan så höggravid ute i det fria.

En stöt av smärta fick Jane att tappa andan.

"Mår ni bra, ers nåd?" frågade Theodore.

"Bara ett litet hugg, mister Foote." Hon andades igenom nästa. Starkare än den förra. Hon måste ha skadat ryggen av alla skumpigheter. Det var så underbart att ha honom vid sin sida, även om hon inte offentligt kunde erkänna allt han hade gjort för henne. I enrum tackade hon honom nästan varje natt.

Lady Jardine strosade iväg före dem och nådde kyrkogården.

Mister Foote höll rösten låg: "Jag kommer inte att avslöja någonting."

"Jag litar på er. Tack för att ni håller vår hemlighet säker. Jag kommer för evigt att stå i skuld till er."

"Och jag till er", sa han.

Det kunde omöjligt vara sant. Han riskerade mycket mindre offentlig katastrof och skam än hon. Han må vara personligen oersättlig för Jane, men han hade också fördelen av att vara en anonym man i världen. Om deras hemlighet avslöjades skulle han kunna gå vidare och finna ett liv och en anställning någon annanstans. Kanske flytta till kolonierna? Hon skulle bli en fallen kvinna, för evigt utstött av societeten, utan möjlighet att försörja sig. Hon skulle dö i gäldstugan; det skulle lady Jardine se till.

En annan tanke slog henne, om hon själv också kanske

skulle behöva ge sig av till kolonierna. Hennes föräldrar skulle väl ta emot henne? För resten av samhället var hon en änka, hennes förlust lindrad av miraklet att bära sin avlidne makes barn.

Ännu en smärtstöt fick henne att tappa andan när hon passerade genom grinden till kyrkogården. Hennes fötter vacklade.

"Ers nåd?" Oron stod skrivet i mister Footes ansikte.

"Åh", ropade Jane och lutade sig mot honom för stöd när knäna hotade att ge vika.

Lady Jardine vände sig om och ropade: "Vilket spektakel!"

"Måste ni alltid vara så känslokall!" Jane hade nått kokpunkten.

"Ska jag bära er hem, ers nåd?" föreslog mister Foote.

"Strunt i alltihop, ja."

I en enda svepande rörelse lyfte Theodore upp henne i famnen, med armarna säkert lindade under hennes ben och rygg. Jane klamrade sig fast vid hans nacke för att få fäste och kvävde sina skrik mot hans axel när en ny kramp tog över.

Lady Jardine ropade efter dem: "Vart är ni på väg?"

Mister Foote saktade inte ner. Han ropade tillbaka: "Ers nåds behov kommer först."

Han rörde sig snabbt och lämnade rullstolen bakom sig. Hans långa ben slukade avståndet mellan kyrkan och godset. Snart kom de välbekanta murarna i sikte.

"Vi är snart framme, ers nåd", kvittrade han när butlern Stone kom springande mot dem.

"Vad står på?" frågade Stone med panik i rösten.

"Barnet är på väg."

"Hennes mor har anlänt i rättan tid i så fall", bekräftade Stone.

Mamma var här? Hoppet vällde upp inom Jane. Mamma skulle veta vad hon skulle göra.

Mister Foote bar henne till förlossningssängen, sedan lämnade han henne omedelbart för att hantera de efterföljande händelserna. Hon kände saknaden efter honom, men kunde inget göra åt det eftersom familjen Jardine var överallt. Mamma var här och höll hennes hand, liksom en piga och en kökspiga som hade rena tygstycken och varmt vatten. Den ena var redo med en kall kompress till pannan, och den andra packade tygtrasor nere vid hennes ben "för att fånga floden", hade hon sagt.

Floden? Åh jösses. Jane hade verkligen inte ägnat någon större uppmärksamhet åt saker och ting och hade ingen aning om vad som skulle hända.

Familjen Jardines amma kom in i rummet med en aura av grace och lugn. "Allt kommer att gå bra, jag har gjort det här några gånger själv."

Så betryggande och lugnande. Åh herregud, om det bara inte vore så fruktansvärt smärtsamt! Ännu en våg av plåga slet igenom henne. Kunde denna händelse bli värre?

Självklart kunde den det. Lady Jardine strosade in.

"Det här är inte baron E:s barn!"

Nej, nej, det här kunde inte hända. Inte nu.

"Ut!" skrek mamma, eftersom Jane inte hade luft att göra det själv.

"Det kommer alldeles för tidigt för att vara baronens", förkunnade lady Jardine för alla kvinnor i rummet och spädde sedan på sin förolämpning med: "Hon måste ha legat med en annan man före äktenskapet!"

Ett hysteriskt skratt bröt ut från Jane. "Jag försäkrar er", puff, grimas, flämtning, "att jag inte låg med någon man före baron-en-n-n-n-aaaaaahhhhh!"

Hon hade inte tänkt skrika, men skrek gjorde hon. En av pigorna baddade svetten från hennes panna och ansikte, medan familjen Jardines amma kikade under Janes kjolar.

"Barnet kröner! Massor av svart hår, ers nåd!"

Jane grät när ytterligare en smärtvåg tog över. Svart hår. Det var ett gott tecken.

"En bra krystning till", uppmuntrade familjen Jardines amma.

Epiphany skrek åt sin amma: "Du borde inte hjälpa till. Du borde ta hand om ditt eget barn!"

Vad sa hon precis?

Jane försökte andas igenom ytterligare en smärtstöt lågt i ryggraden och grymtade, hela tiden helt säker på att hon hade hört lady Jardine säga "ditt eget barn" snarare än "dina plikter".

Mamma talade för alla i rummet: "Vems barn, lady Jardine?"

Lady Jardine fnös. "Barnet hon måste ta hand om!"

"Ut", sa mamma ännu en gång.

Lady Jardine gav ifrån sig fler konstiga ljud och tillade sedan: "Jag måste försäkra mig om att det är en flicka och att det inte förekommer några taskspelerier!"

Jane bet ihop tänderna och krystade med all sin kraft.

"Hurra!" jublade amman och kökspigan samtidigt.

Ett pipande skrik ekade genom rummet.

"Det är en pojke!" sa amman.

Kökspigan höll upp det blöta barnet. Hans ansikte var skrynkligt och munnen förvrängd av irritation. En lila sladd var fäst vid magen och mellan benen den ytterst uppenbara sanningen. Det var verkligen en pojke.

Lady Jardine sa en svordom som Jane aldrig hade hört förut och kollapsade på golvet.

"Åtminstone är hon tyst ett tag", sa mamma.

Jane fnissade, utmattad, och sträckte ut armarna för att ta emot barnet. Amman och pigan torkade hans lilla ansikte, snyggade till honom och lindade in honom i tyg.

"Ers nåd", sa amman, "näste baron Ealing har anlänt."

"Hämta mister Foote", sa Jane.

"Är det klokt?" frågade mamma.

Epiphany var medvetslös, så hon skulle inte skvallra.

"Ja visst", sa Jane. "Näste baron Ealing behöver en hängiven lakej, och det finns ingen mer hängiven än han."

När Theodore kom in i rummet var han den ende mannen bland ett hav av kvinnor som alla jäktade och städade och hjälpte den nyblivna modern.

"Mister Foote, min käre man", sa Jane, medveten om att allt hon sa hade en dubbel betydelse, "kom och möt er nye herre; George Warner, den sjunde baronen av Ealing."

"Jag är förtjust över att få träffa er, unge man", sa Theodore och bugade respektfullt för barnet. "Jag ska ta hand om er som om ni vore min egen son."

Utmattad andades Jane ut av lättnad. Deras krig med familjen Jardine skulle troligtvis aldrig ta slut, men denna strid hade åtminstone resulterat i en svårvunnen seger.

"Välkommen till familjen, min lille lord", sa Jane, medan barnet gav ifrån sig ett kraftfullt skrik.

Jag hoppas att ni hade en fantastisk tid på baron E:s gods med Jane och mr Foote.

Jag har några spännande planer på gång, och jag tror att ni kommer att älska dem.

Detta är en fantastisk ny antologi som jag har gått med i, tillsammans med en mängd otroligt talangfulla författare. Vi har så underbart roligt när vi sätter ihop den här.

Mitt bidrag heter *Duke Around And Find Out.*

En luttrad lady förklarar sig vara "ochockerbar". En hertig är fast besluten att få henne att rodna. En serie eskalerande utmaningar vänder upp och ner på säsongen.

OM FÖRFATTAREN

Ebony Oaten älskar ordlekar och är mycket glad över att hennes titlar, som är fyllda med ordlekar, kan översättas relativt bra.

Länge leve Baron E är den första av många Regency-eskapader-noveller som hon nu översätter till svenska.

Du kan hitta henne på Facebook, där hon slösar alldeles för mycket tid. Om du hittar henne där, be henne att återgå till att skriva fler av sina fräcka, fåniga och sexiga noveller.

Tack!

www.ingramcontent.com/pod-product-compliance
Lightning Source LLC
Chambersburg PA
CBHW051711180726
48283CB00004B/1305